KB273428

A Christmas Carol
: A Ghost Story of Christmas
Charles Dickens

크리스마스 캐럴

: 크리스마스의 유령 이야기

초판 1쇄 발행 | 2018년 12월 3일

지은이 찰스 디킨스
옮긴이 박경서
발행인 이대식

편집 김화영 나은심 손성원 김자윤
마케팅 배성진 박상준 **관리** 홍필례
디자인 모리스

주소 서울시 종로구 평창길 329(우편번호 03003)
문의전화 02-394-1037(편집) 02-394-1047(마케팅)
팩스 02-394-1029
홈페이지 www.saeumbook.co.kr
전자우편 saeum98@hanmail.net
블로그 blog.naver.com/saeumpub
페이스북 facebook.com/saeumbooks
인스타그램 instagram.com/saeumbooks

발행처 (주)새움출판사
출판등록 1998년 8월 28일(제10-1633호)

ⓒ 박경서, 2018
ISBN 979-11-89271-34-3 04800
ISBN 979-11-89271-33-6 (세트)

• 잘못된 책은 바꾸어 드립니다.
• 책값은 뒤표지에 있습니다.

새움
세계
문학 010

A Christmas Carol
: A Ghost Story of Christmas
Charles Dickens

크리스마스 캐럴
크리스마스의 유령 이야기

찰스 디킨스

박경서 옮김

새움

차
례

크리스마스 캐럴
: 크리스마스의 유령 이야기

서문 · **7**

1절 말리의 유령 · **9**

2절 세 유령 중 첫 번째 · **47**

3절 세 유령 중 두 번째 · **82**

4절 마지막 유령 · **127**

5절 이야기의 끝 · **157**

역자의 말 · **171**

찰스 디킨스 연보 · **189**

일러두기

1. Charles Dickens의 『A Christmas Carol : A Ghost Story of Christmas』는 1843년 12월 출간되었다.
2. 이 책은 1983년 Holiday House에서 출간한 판본을 원본으로 삼았다.
3. 등장인물의 이름과 지명 표기는 국립국어원의 외래어표기법에 따르되, 현재 널리 쓰이는 표기법을 참고했다.
4. 본문 하단의 설명은 역자 주이며 일부는 Rich Bowen의 『A Christmas Carol : Glossary, Commentary and Notes』를 참고했다.

　나는 이 작은 무시무시한 책에 유령에 대한 생각 하나를 담으려고 노력했다. 이 책으로 인해 독자 여러분이 스스로에 대해, 독자들 서로에 대해, 이 계절에 대해, 아니면 작가인 나에 대해 언짢은 감정을 갖지 않길 바란다. 유령이 여러분의 집에 즐겁게 나타나기를, 그리고 쫓아내는 사람이 아무도 없기를 바란다.

1843년 12월
여러분의 진실한 친구이자 하인
찰스 디킨스

1절*

말리의 유령

먼저 말해 두겠는데, 말리는 죽었다. 그의 죽음은 의심의 여지가 없는 사실이다. 목사, 서기, 장의사, 유족 대표가 매장 증명서에 서명을 했다. 스크루지도 서명을 했다. 스크루지라는 이름은 거래소에서 그가 서명하고자 하는 모든 서류에 잘 통했다.** 나이 든 말리는 문에 박는 대못처럼 완전히 죽어 있었다. 잠깐만! 그의 죽음이 문에 박는 대못하고 어떤 특별한 관계가 있다고 내가 유식한 체 말하려는 건 아니다. 개인적

---

* 디킨스는 '크리스마스 캐럴'의 본뜻을 살려 장(chapter) 대신 시적이고 음악적 표현인 절(stave)이라는 단어를 사용했다.

** 스크루지가 금융가에서 신뢰와 신용도가 높다는 뜻이다. 여기서 말하는 '거래소'는 '왕립증권거래소'를 가리킨다.

으로 나는 관에 박는 못이 철물점에서 파는 물건들 중 죽음과 가장 가까운 것이 아닌가 생각했을지도 모른다. 하지만 우리 조상들의 지혜가 그 비유에 담겨 있는 법이니, 나의 불경스러운 손으로 그 비유를 더럽히지 않겠다. 그랬다간 나라 꼴이 말이 아닐 것이다. 말리가 문에 박는 대못처럼 완전히 죽어 있었다고 재차 강조하며 말하더라도 독자들은 용서해 주길 바란다.

스크루지는 말리의 죽음을 알고 있었을까? 물론 알고 있었다. 어떻게 모를 리가 있겠나? 스크루지와 말리는 몇 년인지는 잘 모르지만 오랜 세월 동안 동업자로 일해 왔었다. 스크루지는 그의 유일한 유언 집행인, 유일한 유산 관리인, 유일한 수탁인, 유일한 유산 상속자, 유일한 친구이자 유일한 문상객이었다. 그럼에도 스크루지는 이 슬픈 사건에 크게 손해를 입지 않았다. 그는 장례식 날 탁월한 장사꾼 수완을 발휘해 비용을 확실하게 깎아 장례를 엄숙하게 치렀다.

말리의 장례식 이야기를 하다 보니 내가 처음 했던 이야기가 떠오른다. 말리의 죽음은 분명한 사실이다. 이 점을 확실히 해두어야지, 그렇지 않으면 지금부터 내가 하려는 이야기가 전혀 놀랍지 않을 것이다. 만일 연극이 시작되기 전 햄릿의 아버지가 죽었다는 사실을 전혀 모르고 있다면, 관객들은 그

크리스마스 캐럴

가 동풍이 부는 어느 날 밤 자신의 성벽 위를 어슬렁어슬렁 거니는 것을 보고서도 놀라지 않을 것이다. 그저 어떤 중년 신사가 아들의 소심한 마음을 놀라게 해주려고 어둠이 내린 후 바람이 잘 부는 곳—말하자면 세인트폴 대성당의 뜰—에 느닷없이 나타났을 뿐이라고 생각할 것이다.

스크루지는 나이 든 말리의 이름을 페인트칠을 해서 지우지 않았다. 그가 죽은 지 몇 해가 지나도 상점의 문 위에는 '스크루지와 말리'라는 이름이 그대로 붙어 있었다. 이 회사는 '스크루지와 말리'로 알려져 있었다. 이 회사와 거래를 처음 하는 사람들은 이따금씩 스크루지를 스크루지로 부르기도 했고, 또 말리로 부르기도 했지만 스크루지는 이 두 이름 모두에 대답했다. 그로선 어떤 이름으로 불리어도 마찬가지였기 때문이다.

오! 하지만 악착같이 긁어모으는 인색하기 짝이 없는 구두쇠, 스크루지! 쥐어짜고, 비틀고, 움켜쥐고, 긁어모으고, 잡아채는 탐욕이 가득한 저 늙은 죄인! 쇠붙이로 아무리 때려도 너그러운 불꽃 한번 내지 않는 부싯돌처럼 단단하고 날카롭고, 뭔가 비밀이 있는 듯 말없이 혼자 있는 외로운 늙은이. 자기 속에 있는 냉기로 인해 그의 늙은 모습은 꽁꽁 얼어붙었고, 뾰족한 코는 비틀어지고, 뺨은 쭈그러졌고, 걸음걸이까지

말리의 유령

뻣뻣해졌다. 두 눈은 벌겋게 충혈되어 있고, 얇은 입술은 파랗게 변해 있었고, 또 쉰 목소리로 빈틈없이 잔소리를 늘어놓았다. 머리와 눈썹 그리고 여위었지만 깐깐해 보이는 턱에는 서리가 내려앉아 있었다. 그는 늘 냉기를 몰고 다녔다. 삼복더위에도 그의 사무실은 얼음이 꽁꽁 얼었고 크리스마스 때에도 단 1도라도 올라가는 법이 없었다.

바깥이 덥든 춥든 스크루지에게 별로 영향을 끼치지 않았다. 아무리 더워도 그는 더위를 느끼지 않았고, 아무리 추워도 그는 떨지 않았다. 휘몰아치는 바람도 그보다 더 지독하지 않았고, 퍼붓는 눈도 그보다 더 무정하지 않았고, 쏟아져 내리는 폭우도 그보다 더 매정하진 않았다. 아무리 사나운 날씨라도 그를 당해 낼 재간이 없었다. 폭우, 눈, 우박, 진눈깨비 같은 것들이 그보다 우위에 있다고 자랑할 만한 것은 단 한 가지 있었다. 이런 것들은 종종 멋지게 "내린다"라는 점이 있는데, 스크루지한테는 절대 그런 법이 없었다.

길에서 그를 만나면 반가운 얼굴로 "안녕하세요, 스크루지씨? 저희 집에 한번 오시지 않겠습니까?"라고 말을 거는 사람은 아무도 없었다. 거지도 그에게 한 푼 달라고 구걸하지 않았고, 아이들도 몇 시냐고 묻는 법이 없었고, 남자건 여자건 그에게 길을 물어본 적은 그의 일생에 걸쳐 단 한 번도 없었다. 심지어 맹인 안내견도 그가 오는 것이 보이면 그를 알아보고 주인을 출입구나 골목으로 이끌고 가서 "앞 못 보는 주인님, 사악한 눈을 가지느니 차라리 앞을 못 보는 편이 나을 겁니다!"라고 말하는 듯 꼬리를 흔들어 대곤 했다.

하지만 스크루지는 신경 쓰지 않았다. 오히려 그것은 그가 바라던 바였다. 인정 따위는 모두 비켜나라고 경고하면서 복잡한 인생길을 헤쳐 나가는 것이야말로 스크루지에게는 소위 세상 물정에 밝은 사람들이 말하는 "행운" 그 자체였다.

어느 날—한 해 중 가장 즐거운 날인 크리스마스이브— 늙은 스크루지는 경리 사무실에 들어앉아 바쁘게 일을 하고 있었다. 춥고 쓸쓸하고 살을 에는 듯한 날씨였고, 안개마저 자욱하게 끼어 있어, 바깥에서는 사람들이 숨을 쌕쌕거리며 오가며 몸을 녹이기 위해 가슴에 손을 비비고, 돌로 포장된 도로에는 발을 쿵쿵 굴리는 소리가 들려왔다. 도시의 시계가 겨우 3시를 알렸지만 날은 이미 캄캄해졌고—온종일 햇빛이 없었다— 이웃 사무실 창문에서 촛불이 또렷한 갈색의 공기*위에 붉은 얼룩이 진 것처럼 어른거리며 타오르고 있었다. 안개는 모든 틈새와 열쇠 구멍에까지 스며들어 왔고, 더욱이 바

* 1840년대에 런던의 가정과 사무실에는 석탄불로 난방과 취사를 했기 때문에 저녁때만 되면 미세한 검은 먼지층이 공기 중에 떠다녔다.

13

말리의 유령

깥에는 안개가 너무 짙어 골목이 아주 좁은데도 맞은편 집들이 꼭 유령처럼 보였다. 우중충한 구름이 내리깔리면서 모든 것을 뒤엎어 버리는 것을 보게 되면, 대자연의 신이 이 근처에 살고 있어 엄청난 양의 구름을 만들어 내는 것이 아닐까 하는 생각이 들 정도였다.

스크루지의 사무실 문은 그가 저편에 있는 작고 음침한 구석진 방에서 서류를 베껴 쓰고 있는 서기를 감시하기 위해 열려 있었다. 스크루지는 불꽃이 작은 난로를 쬐고 있었지만, 서기의 난로는 불기가 거의 없어 고작 석탄 한 덩어리만 때고 있는 것처럼 보였다. 하지만 그는 불을 더 땔 수 없었다. 스크루지가 자기 방에 석탄 상자를 보관하고 있었기 때문이다. 게다가 서기가 부삽을 들고 그 방에 들어가려 하면, 주인은 그를 반드시 잘라 버리겠다고 생각하는 것처럼 보였다. 그러니 서기는 하얀 털목도리를 목에 두르고 촛불에 몸을 녹이려 애를 써보았지만, 상상력이 풍부한 사람이 아니라서 그런지 그런 시도는 실패하고 말았다.

"아저씨! 메리 크리스마스! 하나님의 축복이 있으시길!" 유쾌한 목소리가 들려왔다. 스크루지의 조카였다. 얼마나 순식간에 들어왔는지 조카의 인사말이 들리자마자 스크루지는 그가 자기 옆에 와 있는 것을 느꼈다.

크리스마스 캐럴

"흥! 쓸데없는 소리 같으니라고!" 스크루지가 말했다.

스크루지의 조카는 안개와 추위를 헤치며 급하게 걸어오느라 열기로 온몸이 후끈 달아올랐고, 잘생긴 얼굴은 벌겋게 상기되었으며, 두 눈은 반짝반짝 빛났고, 입에서는 하얀 김이 계속 뿜어져 나왔다.

"크리스마스가 쓸데없다니요, 아저씨!" 스크루지의 조카가 말했다. "정말로 그렇게 생각하시는 건 아니겠지요."

"정말이야." 스크루지가 말했다. "메리 크리스마스! 네가 무슨 자격으로 즐겁다는 거냐? 즐거울 만한 이유라도 있는 거냐? 가난뱅이 주제에."

"에이, 그렇다면요." 조카가 쾌활하게 대꾸했다. "아저씬 무슨 자격으로 그렇게 시무룩하세요? 침울할 무슨 이유라도 있나요? 부자이시면서."

그 순간 대꾸할 적당한 대답이 생각나지 않아 스크루지는 한 번 더 "흥!" 하고는 "쓸데없는 짓이야."라고 이어서 말했다.

"화내지 마세요, 아저씨!" 조카가 말했다.

"어떻게 화를 안 내겠어," 당숙*이 대꾸했다. "이런 바보 같은 세상에 살고 있는데 말이야? 메리 크리스마스라고! 메리

* 스크루지와 그의 유일한 혈육인 조카 프레드의 관계는 5촌으로, 스크루지는 프레드의 당숙이다.

말리의 유령

크리스마스 소리 집어치워! 외상으로 물건 사는 것만 빼놓고 너한테 크리스마스는 도대체 뭐냔 말이야. 나이만 한 살 더 먹지, 단 한 시간도 부자가 되어 보지 못하는 때가 아니냐. 그리고 장부를 결산하면 1년 열두 달 내내 모든 항목들이 죄다 적자로 드러날 때 아니냐고. 내 맘대로 할 수만 있다면……." 스크루지가 화를 내며 말했다. "메리 크리스마스라고 외치며 돌아다니는 멍청이들을 모조리 자기들이 먹을 푸딩하고 같이 삶아서, 그놈들 심장에 호랑가시나무 말뚝을 박아 파묻어 버리면 좋겠어.* 마땅히 그렇게 돼야 하고말고!"

"아저씨!" 조카가 애원하다시피 말했다.

"조카!" 당숙은 준엄하게 대꾸했다. "넌 네 방식대로 크리스마스를 지내고 난 내 방식대로 지내게 내버려 둬."

"지내신다고요!" 조카가 되풀이했다. "하지만 아저씬 크리스마스를 지내시지 않잖아요."

"그럼 혼자 있게 좀 해다오." 스크루지가 말했다. "크리스마스가 너한텐 많은 도움이 될지도 모르지! 이제껏 큰 도움이 됐나 보지!"

"감히 말하지만, 저한테는 돈벌이가 되지는 않아도 엄청 유

---

* 영국에서 1623년까지 살인자나 자살자는 이렇게 매장되는 것이 관습이었다.

크리스마스 캐럴

익할 수 있는 게 많이 있어요." 조카가 맞받아쳤다. "크리스마스도 그중 하나예요. 그래서 크리스마스가 다가올 때마다— 그 신성한 이름과 기원 덕분에 생기는 존경심은 제외하더라도, 만일 그런 마음을 떨쳐 버릴 수 있다면 말이죠— 참 좋은 때라고 생각해요. 친절하고, 너그럽고, 인자하고, 유쾌해지는 때죠. 1년의 긴 시간 중에서 남자, 여자 할 것 없이 모든 사람이 굳게 닫힌 마음의 문을 활짝 열어 놓고, 자기보다 못한 사람들을 다른 여행을 하는 별개의 사람으로 생각하지 않고 무덤을 향해 가는 여행의 진정한 동반자로 여기는 때가 오직 이때뿐이잖아요. 그래서 말인데요, 아저씨, 전 크리스마스 때 금화나 은화 몇 푼 받은 적도 없지만, 크리스마스는 제게 유익함을 **주어 왔고** 앞으로도 그렇게 **해줄** 거라고 믿고 있어요. 그래서 전 이렇게 말해요, 하나님의 축복이 있기를."

구석진 방에서 일하고 있던 서기가 자기도 모르게 박수를 쳤다. 하지만 자신의 행동이 잘못됐다는 걸 즉시 알아채고 난로의 불을 쑤셔 대다가, 마지막 남은 희미한 불씨마저 꺼뜨려 버렸다.

"다시 한번 박수를 쳐보지 그래." 스크루지가 말했다. "잘리고 나서 크리스마스를 지내게 될 테니 말이야. 말씀 한번 잘하셔, 선생님." 스크루지는 조카 쪽으로 몸을 돌리며 덧붙였

말리의 유령

다. "의회라도 진출해 보시지그래."

"화내지 마세요, 아저씨. 자! 내일 저희 집에 와서 저녁이나 드시죠."

스크루지는 조카를 보러 가겠다고 말했다―그렇다. 분명히 그렇게 말했다. 그는 장황한 이야기를 늘어놓은 끝에 조카가 죽을 지경이 되면 그때 한번 가보겠다고 말했다.

"왜 그런 말씀을 하세요?" 스크루지의 조카가 외쳤다. "왜요?"

"넌 결혼을 왜 했어?" 스크루지가 물었다.

"사랑에 빠졌기 때문이죠."

"사랑에 빠졌기 때문이라고!" 스크루지는 이 말이 이 세상에서 메리 크리스마스보다 더 얼토당토않은 것인 양 으르렁거리며 소리쳤다. "그만 가봐!"

"아니, 아저씨, 아저씬 제가 결혼하기 전에도 한 번도 절 보러 오신 적이 없어요. 이제 와서 결혼 핑계를 대는 이유가 뭐예요?"

"잘 가." 스크루지가 말했다.

"전 아저씨한테 원하는 게 없고 부탁도 안 하는데, 왜 우린 사이좋게 지낼 수 없어요?"

"잘 가라니까." 스크루지가 말했다.

"그렇게 고집을 피우시니 정말로 섭섭하군요. 전 여태껏 아저씨와 말다툼한 적도 없어요. 하지만 크리스마스를 축하하려는 뜻에서 한번 말해 본 거예요. 전 크리스마스 기분을 끝까지 유지하겠어요. 그런 의미에서, 메리 크리스마스, 아저씨!"

"그만 가." 스크루지가 말했다.

"그리고 새해 복 많이 받으세요!"

"가라니까!" 스크루지가 소리를 질렀다.

그럼에도 조카는 언짢은 말 한마디 하지 않고 사무실을 나갔다. 그는 바깥문에서 잠시 멈춰 서기한테도 크리스마스 인사를 건넸다. 서기는 추위에 떨고 있었지만 마음은 스크루지보다 더 따뜻했다. 서기는 그에게 친근하게 답례를 했다. "같은 놈이 하나 더 있군." 그의 목소리를 엿듣고 스크루지가 중얼거렸다. "주급 15실링에 처자식이 있는 주제에 메리 크리스마스를 지껄이다니. 내가 베들렘*이라도 가야지, 원."

이 정신이상자는 조카를 내보내고 다른 두 사람을 맞아들였다. 그들은 보기에 약간 뚱뚱하고 인상이 좋은 신사들이었는데, 모자를 벗고 스크루지의 사무실에 서 있었다. 두 신사

---

* 런던에 있는 정신병원인 베들렘 로얄 병원(Bethlem Royal Hospital)을 가리킨다.

말리의 유령

는 손에 장부와 서류 뭉치를 들고 스크루지에게 고개를 숙여 인사를 했다.

"스크루지와 말리 상점입니까?" 둘 중 하나가 들고 있는 명부를 보면서 말했다. "제가 지금 뵙고 있는 분이 스크루지 씨입니까, 말리 씨입니까?"

"말리 씨는 죽은 지 7년이 되었소." 스크루지가 대답했다. "7년 전 바로 오늘 밤에 죽었단 말이오."

"고인의 너그러우신 마음을 살아 계신 동업자께서 충분히 대신해 주시리라 믿습니다." 신사는 증명서를 내놓으며 말했다.

그 말은 사실이었다. 그들은 기질이 서로 비슷했기 때문에. "너그러우신 마음"이라는 불길한 말에 스크루지는 얼굴을 찌푸렸고 머리를 흔들며 증명서를 돌려주었다.

"스크루지 씨, 1년 중 이 즐거운 계절에," 신사가 펜을 들면서 말했다. "지금 커다란 곤경을 겪고 있는 가난하고 어려운 사람들을 조금이나마 도와주신다면, 어느 때보다 더 바람직한 일이 될 것입니다. 수천 명의 사람들이 기본적인 의식주에 허덕이고 있으며, 수십만 명이 최소한도의 편의도 누리지 못하고 있습니다."

"감옥이 없단 말이오?" 스크루지가 물었다.

크리스마스 캐럴

"감옥이야 많이 있죠." 신사가 펜을 다시 내려놓으며 말했다.

"그럼 구빈원은?" 스크루지가 따져 물었다. "지금도 운영되고 있지요?"

"예, 운영되고 있습니다." 신사가 대답했다. "운영되지 않고 있다고 말씀 드렸으면 좋았을 텐데요."

"그럼 죄수 강제 노역[The Treadmill]*과 구빈법**이 제대로 돌아가고 있다는 뜻이군요?" 스크루지가 물었다.

"둘 다 잘 시행되고 있습니다, 선생님."

"오! 당신 말을 듣고 처음엔 무슨 사고라도 생겨서 그 유용한 사업이 중단된 줄 알고 걱정했소이다." 스크루지가 말했다. "당신 말을 들으니 이제 안심이 되오."

"그런 사업만으로는 대중들에게 기독교다운 정신이나 육체의 건강을 가져다줄 수 없다는 인식하에," 신사가 답변했다.

---

* The Treadmill : 1817년 영국의 엔지니어인 윌리엄 큐비트 경(Sir William Cubitt)이 도입한 형벌 기구. 죄수들에게 커다란 바퀴에 올라 강제로 걷게 만들어서 열악한 운동 환경을 개선하고 곡물을 분쇄하기 위한 동력을 생산했다. 죄수들은 하루에 여섯 시간가량을 트레드밀을 돌려 중노동에 시달렸다. 찰스 디킨스를 비롯한 종교·자선 단체들이 죄수의 환경을 개선하려는 사회운동을 벌이기도 했다.

** 영국에서 빈민층을 구제하기 위한 입법이다. 엘리자베스 여왕 시절인 1601년 최초로 구빈법이 제정되었다. 그러다가 산업혁명 이후 산업자본 확립기를 맞아서 1834년 빈민구제를 억제할 목적으로 신(新)구빈법이 통과되었다. 신구빈법에 따라 빈민 구호의 범위가 대폭 축소되어 영국에서 커다란 사회문제를 낳았다. 디킨스는 『올리버 트위스트』에서 비인간적 대우 및 노동 착취를 일삼는 구빈원의 실상을 폭로하고 있다.

말리의 유령

"우리 몇 사람이 가난한 사람들에게 먹고 마실 것과 따뜻한 의복을 사줄 기금을 마련하기 위해 노력하는 중입니다. 우리가 크리스마스 때를 택한 이유는 이때가 다른 어느 때보다 빈곤한 사람들은 결핍을 느끼게 되고 부유한 사람들은 풍요를 누리는 시기이기 때문입니다. 명단에 이름을 어떻게 올려 드릴까요?"

"적지 마시오!" 스크루지가 대꾸했다.

"익명을 원하십니까?"

"혼자 좀 있고 싶소." 스크루지가 말했다. "신사 양반, 내가 뭘 바라는지 물으니, 내 말하겠소. 난 크리스마스 따위는 즐기지 않소. 그리고 게으른 사람들을 즐겁게 해줄 경제적 여유도 없소. 난 아까 말한 그 제도들을 돕고 있소. 거기에 내는 돈도 만만치 않고. 먹고살기 힘든 사람들은 그곳으로 보내야 해요."

"많은 사람들이 다 그곳에 갈 수는 없습니다. 그리고 죽으면 죽었지, 그곳에 가지 않으려는 사람도 많습니다."

"죽겠다고 하면," 스크루지가 말했다. "죽는 편이 낫겠지요. 잉여 인구도 줄어들 테니. 게다가… 미안하지만… 그건 내 알 바 아니니까."

"그러나 그 문제에 대해 좀 아실 텐데요." 신사가 의견을 말

크리스마스 캐럴

했다.

"내 알 바 아니란 말이오." 스크루지가 받아쳤다. "사람들은 자기 일이나 잘하고 남의 일에는 간섭하지 않는 게 좋소. 난 내 일만 해도 바빠 죽겠소. 잘 가시오, 신사 양반들!"

신사들은 그들의 취지를 설명하려 해도 소용이 없다는 걸 알아차리고 돌아갔다. 스크루지는 자신이 대단하다는 생각이 들어서 그런지 평소보다 더 익살스러운 기분으로 하던 일을 다시 했다.

한편 안개와 어둠은 점점 짙어졌다. 사람들은 번쩍거리는 횃불을 들고 바삐 뛰어다니며, 마차 앞으로 다가가 불을 밝혀 길 안내를 해주겠다고 제안했다. 벽에 난 고딕식 창문 밖으로 거칠고 낡은 종이 스크루지를 늘 간사하게 훔쳐보는, 교회의 오래된 종탑도 보이지 않게 되었고, 정각과 15분이 될 때마다 울리는 종소리는 꽁꽁 얼어붙은 종탑 머리에서 이빨이 서로 부딪치는 것처럼 부르르 떨며 구름 속에서 길게 이어졌다. 추위가 지독해졌다. 골목길 모퉁이와 연결된 큰길가에서는 몇몇 노동자들이 난로에 큰불을 지펴 놓고 가스 파이프를 수리하고 있었는데, 누더기를 걸친 어른들과 아이들이 불 옆에 모여 손을 녹이면서 기쁨에 겨워 불 앞에서 눈을 깜빡거리고 있었다. 홀로 남겨져 있는 소화전에 넘쳐흐르는 물은 시무

말리의 유령

룩하게 굳어지더니 보기 싫은 모양의 얼음으로 바뀌었다. 호랑가시나무 가지와 열매가 창가의 램프 불의 열기로 바지직 소리를 냈고, 상점의 밝은 불빛은 지나가는 행인의 창백한 얼굴을 불그레하게 물들였다. 가금류 고기 상점과 식료품점의 장사가 재미나는 농담거리라도 되는 것처럼 장엄한 야외극을 펼치고 있었다. 물건을 사고파는 그런 시시한 원리들이 무슨 관계라도 있다고는 믿을 수 없었다. 시장市長은 웅장한 공관公館의 깊숙한 곳에서 50명의 요리사와 집사들에게 시장 공관에 어울릴 법한 크리스마스 파티를 치르라고 명령을 내렸다. 지난 월요일 술에 취해 거리에서 난동을 부리고 5실링 벌금형을 받았던 키 작은 재봉사도 다락방에서 내일 아침 먹을 푸딩을 휘젓고 있었고, 비쩍 마른 그의 아내는 아기를 업고 쇠고기를 사러 나갔다.

안개는 더 짙어졌고 추위는 더 심해졌다. 뼛속까지 스며들어 살을 에는 듯한 혹독한 추위였다. 인자하신 성聖 던스턴*이 익숙한 무기를 사용하는 대신 이 지독한 추위로 악마의 코끝을 슬쩍 꼬집었더라면, 악마를 쉽게 물리치고 호탕하게 웃었을 것이다. 개한테 물어뜯긴 뼈다귀처럼 굶주린 추위에

* Saint Dunstan(909-988) : 영국의 정치가, 캔터베리 대주교(961-978)를 역임했다. 그가 죽자 수도사들은 그를 성인으로 추대해서 '성 던스턴'이라 불렀다.

24

크리스마스 캐럴

물어뜯기고 씹혀 버린, 코가 자그마한 한 아이가 허리를 굽혀 스크루지 상점의 열쇠 구멍에 입을 대고 크리스마스 캐럴을 즐겁게 불렀다.

하나님의 축복이 있으시길, 즐거운 신사분!
아무 근심 없이 지내시길!

그러나 노래의 첫 소절이 나오자마자, 스크루지가 덥석 자를 움켜쥐었고, 그 가수는 열쇠 구멍을 안개에게, 아니 더 잘 어울리는 서리에게 맡겨 놓고 기겁하며 도망쳤다.

마침내 사무실 문을 닫을 시간이 되었다. 괴팍해진 스크루지가 의자에서 일어나 구석진 방에서 퇴근 시간을 기다리고 있던 서기에게 퇴근하라는 무언의 암시를 주자, 서기는 즉각 촛불을 끄고 모자를 썼다.

"내일 하루 종일 놀고 싶겠지, 아마도?" 스크루지가 말했다.

"사정이 괜찮다면요, 선생님."

"사정이 괜찮질 않아." 스크루지가 말했다. "게다가 공평하지도 않아. 하루를 쉬었다고 내가 반 크라운을 깎으면, 자넨 아마도 혹사당한다고 생각하겠지. 그렇지?"

서기는 희미하게 미소 지었다.

말리의 유령

"그러나," 스크루지가 말했다. "일은 하지 않으면서 하루치 일당을 자네한테 줘야 하는 **내 쪽**은 손해 볼 거라고는 생각하지 않겠지."

서기는 그런 경우는 1년에 단 한 번뿐이지 않으냐고 말했다.

"매년 12월 25일마다 남의 호주머니를 털어 가려고 하는 허울뿐인 핑계지!" 스크루지는 무거운 외투의 단추를 턱밑까지 채우며 말했다. "아무튼 하루 종일 쉬고 싶겠지. 모레 아침에는 일찍 출근해야 해."

서기는 그러겠다고 약속했고, 스크루지는 투덜거리며 걸어 나갔다. 사무실 문은 눈 깜짝할 사이에 닫혔고 서기는 흰 털실 목도리의 기다란 양 끝을 허리 아래에까지 늘어뜨리고(그에겐 자랑할 만한 두꺼운 외투가 없었다), 크리스마스이브를 축하하고 있는 아이들의 행렬 뒤를 따라 콘힐의 비탈길을 스무 번이나 미끄럼을 타며 내려갔다. 그러다가 '장님 놀이'를 할 생각으로 캠든타운에 있는 집을 향해 있는 힘을 다해 달려갔다.

스크루지는 자주 다니는 음침한 선술집에서 우울한 저녁을 먹고 신문을 죄다 읽고 나서, 자신의 은행 통장을 들춰 보며 나머지 저녁 시간을 보낸 후 잠자리에 들기 위해 집으로 갔다. 그는 세상을 떠난 동업자가 소유했던 집에 살고 있었다. 어둠침침한 방이 서로 붙어 있는 그의 아파트는 마당 위에 낮게 드리워진 어느 건물 안에 있었다. 이 건물은 원래 그곳에 있을 아무런 이유가 없어 보였다. 이 집은 아주 어렸을 때 다른 집들과 술래잡기를 하려고 그 안으로 달려왔다가 그만 나올 길을 잃어버려 깊숙한 곳에 그대로 남게 되었다고 상상할 수밖에 없을 것이다. 이제 이 집도 꽤 늙었고 또 그만큼 쓸쓸해 보였다. 이 집에는 스크루지 말고는 아무도 살고 있지 않았고, 나머지 방들은 모두 사무실로 세를 놓고 있었다. 안뜰은 너무나 어두컴컴해 그곳에 놓인 돌 하나하나까지 알고 있는 스크루지조차도 두 손으로 더듬으며 길을 찾아야 했다. 그 집의 낡고 시커먼 현관문에는 안개와 서리가 두껍게 내려앉아 있어서 마치 날씨의 수호신이 문간에 걸터앉아 슬픈 사색에 잠겨 있는 것처럼 보였다.

자, 이제 사실대로 말하면, 현관문에 노커*가 하나 달려 있는데, 무척 크다는 것을 제외하고는 특이할 게 없었다. 스크루지가 그 집에 살면서 밤낮으로 그 노커를 봐 왔던 것 또한 사실이다. 그리고 지나친 말일지 모르지만, 그가 심지어 시

* knocker : 방문자가 잡고 두드려 방문을 알리는, 현관문에 달린 쇠고리이다.

말리의 유령

자치 단체 회원, 시 의원, 동업 조합원들까지 다 포함해 런던 시에 사는 여느 사람들처럼 상상력이 부족하다는 것 또한 사실이다. 스크루지는 그날 오후 7년 전에 죽은 동업자 말리에 대해 언급한 것을 제외하고는 그에 대한 생각을 단 한 번도 하지 않았다는 것 역시 기억해 두길 바란다. 그래서 스크루지가 문 열쇠 구멍에 열쇠를 넣었을 때, 도대체 어찌 되었기에 그동안 어떤 변화 과정도 없었던 노커 자리에 노커 대신, 말리의 얼굴이 나타나게 되었는지, 알고 있는 사람이 있으면 설명 좀 해주길 바란다.

말리의 얼굴! 그것은 뜰 안의 다른 물체들처럼 어두컴컴한 그림자에 싸여 있는 것이 아니라, 어두운 지하 저장고에서 썩고 있는 바닷가재처럼 주위에 음침한 빛이 감돌고 있었다. 화가 났거나 사나운 표정도 아니고 살아생전에 말리가 바라보던 그런 얼굴로 스크루지를 쳐다보고 있었다. 유령 같은 안경이 유령다운 이마 위에 걸쳐져 있었다. 그의 머리카락은 그가 숨을 내쉬는 공기 혹은 뜨거운 바람이 불어서 그런 것처럼 기묘하게 흔들거리고 있었고, 두 눈은 빤히 뜨고 있었지만, 눈동자는 전혀 움직임이 없었다. 그리고 거무튀튀한 안색으로 얼굴은 더 무서워 보였다. 하지만 그 무서움은 얼굴 표정에서 풍기는 것이 아니고 얼굴과는 상관없는, 뭔가 다른 힘이 작용

크리스마스 캐럴

해 생기는 것 같았다.

스크루지가 그 말리의 얼굴을 뚫어져라 쳐다보자, 그것은 다시 노커로 변했다.

그가 깜짝 놀라지 않았다거나, 아니면 태어난 뒤로 한 번도 겪어 보지 못했던 이 끔찍한 느낌을 그의 피가 감지하지 못했다고 말하는 것은 거짓말일 것이다. 그러나 그는 내려놓았던 열쇠를 다시 손에 쥐고 힘 있게 돌린 다음 안으로 들어가 촛불을 켰다.

그는 문을 닫기 전, 순간 멈칫하면서 걸음을 **멈추었다.** 그러고는 마치 말리의 땋은 머리카락이 거실 안으로 삐죽 들어왔을지도 모른다는 생각에 미리부터 겁을 집어먹은 것처럼, 고개를 뒤로 돌려 조심스럽게 살펴보았다. 그러나 문 뒤에는 노커를 고정시켜 놓은 나사못과 너트 외에는 아무것도 없었다. 그는 “체, 제기랄!” 하며 문을 쾅 닫았다.

문 닫는 소리는 천둥처럼 집 안에 울려 퍼졌다. 위층의 모든 방과 지하 저장고에 있는 모든 포도주 상인의 술통에서도 각자 알아서 메아리가 울려 퍼졌다. 스크루지는 그런 메아리에 겁을 집어먹을 사람이 아니었다. 그는 문을 잠그고 홀을 가로질러 계단을 올라갔다. 촛불 심지를 다듬으면서 천천히 말이다.

말리의 유령

여러분은 여섯 필의 말이 끄는 마차가 한 줄로 이어진 오래된 계단을 달려 올라갈 수 있다거나, 의회를 막 통과한 엉성한 법망 사이를 쉽게 빠져나간다*는 식으로 모호하게 말할지도 모른다. 그러나 내가 하려는 말은 상여 마차를 끌어 올릴 수 있을 정도로 계단이 넓다는 것이다. 게다가 마차의 스프링을 받치는 가로장을 벽 쪽으로 하고 마차의 문은 난간을 향한 채, 옆으로 올라가도 수월하게 올라갈 수 있다는 말이다. 그렇게 올라갈 정도로 넓었고, 그러고도 공간이 남을 정도였다. 스크루지가 기관차 같은 상여 마차가 어둠 속에서 그 앞으로 쌩 지나가는 것을 보았다고 생각한 것도 그 이유 때문인지 모른다. 거리의 가스등 여섯 개 모두를 켜 놓아도 그 집의 출입구는 별로 밝지 않을 것이니, 스크루지가 들고 있는 촛불 하나만으로는 무척 어두웠을 것이라고 짐작해 볼 수 있다.

스크루지는 그런 것에는 전혀 신경을 쓰지 않고 계단을 올라갔다. 어두우면 그만큼 절약하는 것이니 어둠을 좋아했다. 하지만 자기 방의 육중한 문을 닫기 전에, 그는 다른 방들은 괜찮은지 돌아다니며 확인해 보았다. 조금 전에 보았던 말리의 얼굴이 머리에 어른거려 방들을 하나하나 확인해 볼 필요

---

* 당시 영국의 의회 법령들은 느슨하게 제정되어 있어 변호사들이 그 법령의 허점을 찾아내 의뢰인에게 기소를 면하게 해주는 경우가 많았다.

크리스마스 캐럴

가 있었다.

거실, 침실, 창고 모두 이상이 없었다. 테이블 아래와 소파 밑에도 아무도 없었고, 벽난로에는 불이 가물가물 타고 있었고, 숟가락과 대야가 준비되어 있었다. 귀리죽이 든 작은 냄비가 난로 옆에 붙은 선반* 위에 놓여 있었다(스크루지는 감기로 두통을 앓고 있었다). 침대 밑에도, 옷장 안에도 아무것도 없었다. 벽에 수상쩍게 걸려 있는 실내복 안에도 아무것도 없었다. 창고방도 평상시 그대로였다. 낡은 난로의 철망, 낡은 구두, 낚시 바구니 두 개, 다리가 세 개인 세면대, 부지깽이 한 개 등이 그대로 놓여 있었다.

그는 만족한 얼굴을 하며 문을 닫고 안에서 잠갔는데 그것도 평소와는 달리 이중으로 잠갔다. 비상사태에 이렇게 안전하게 대비해 놓고, 그는 넥타이를 풀고 실내복, 실내화, 취침 모자를 걸친 후 귀리죽을 먹으려고 난로 앞에 앉았다.

희미하게 붙어 있는 난로의 불은 이처럼 지독하게 추운 밤에는 별 소용이 없었다. 그는 난로 앞으로 몸을 바싹 당겨 앉아 불 위로 몸을 구부려야만 한 줌밖에 안 되는 그런 불길에서 최소한의 온기를 느낄 수 있었다. 그 난로는 오래전에 어떤

---

* 냄비나 주전자 등을 데우기 위해 난로 옆에 쇠로 만들어 붙인 선반이나 시렁을 가리킨다.

말리의 유령

네덜란드 상인이 만든 것으로, 성서 이야기를 그려 넣은 이상하게 생긴 네덜란드 타일이 사방에 붙어 있었다. 카인과 아벨, 바로의 딸들, 시바의 여왕, 솜털 같은 구름을 타고 하늘에서 내려온 천사들, 아브라함, 벨사살, 버터 그릇처럼 생긴 배를 타고 바다로 나가는 사도들 등, 그를 생각에 잠기게 할 수백 개의 인물들이 타일에 찍혀 있었다. 그럼에도 7년 전에 죽은 말리의 얼굴이 옛날 선지자의 지팡이처럼 나타나서 이 모든 것들을 단숨에 삼켜 버렸다. 만일 매끄러운 타일 하나하나에 애초에 아무 그림도 그려져 있지 않고, 스크루지의 흩어진 공상의 조각들을 그 위에 그려 놓을 수 있었더라면, 그 타일 위에는 모조리 말리의 얼굴이 그려져 있었을 것이다.

"빌어먹을!" 스크루지는 이렇게 내뱉고서는 방을 가로질러 건너갔다.

몇 차례 방을 왔다 갔다 하다가, 그는 다시 자리에 앉았다. 그가 의자에 머리를 기대었을 때, 사용하지 않는 종 하나가 방에 걸려 있는 것이 우연히 눈에 들어왔다. 지금은 그 목적이 무엇인지 잊어버렸지만 이 집의 맨 꼭대기 방과 연락을 취하기 위해 사용되었던 것이다. 그런데 참 놀랍고도 괴이하게, 뭐라고 설명할 수 없을 정도로 두렵게도, 그가 그 종을 쳐다보았을 때 종이 흔들리기 시작했다. 처음에는 소리가 들리지 않을 정도로 살살 흔들거리다가 갑자기 큰 소리로 울렸고, 집 안에 있던 모든 종들도 따라 울어 댄 것이었다.

30초나 1분 정도 울어 댔지만 한 시간은 족히 그랬던 것처럼 보였다. 종들은 동시에 울리기 시작했듯이 또 일제히 소리를 그쳤다. 그러고 나서 저 아래층 깊숙한 곳에서 절거덕거리는 소리가 들려왔다. 마치 어떤 죄수가 포도주 상인의 창고에 있는 술통 너머로 무거운 쇠사슬을 질질 끄는 소리 같았다. 이때 스크루지는 흉가의 유령들이 쇠사슬을 끌고 다닌다고 하는 이야기를 들은 기억을 떠올렸다.

지하실 문이 쿵 하고 활짝 열리더니 아래층에서 그 소리는 점점 더 크게 들렸고, 이내 계단을 타고 올라와 그의 문 앞으로 곧장 다가오는 게 들렸다.

"헛소리 같으니라고!" 스크루지가 말했다. "믿지 않겠어."

하지만 그것이 쉴 틈도 없이 묵직한 문을 통과해 그의 눈앞에서 방 안으로 들어오자 그는 안색이 변하고 말았다. 그것이 들어왔을 때, "난 알아. 말리의 유령이야!"라고 외치는 것처럼 난로의 꺼져 가던 불꽃도 확 타올랐다가 다시 사그라졌다.

똑같은 얼굴, 바로 그 얼굴. 꽁지처럼 뒤로 묶은 머리, 늘 입던 조끼, 몸에 꽉 끼는 바지와 장화, 그의 꽁지 머리처럼 장화에 뻣뻣하게 달려 있는 술 장식, 외투 자락, 머리에 얹는 가발

말리의 유령

등도 완전히 그대로였다. 그가 끌고 다니는 쇠사슬은 허리에 묶여 있었다. 그 긴 쇠사슬이 꼬리처럼 그를 감고 있었는데, (스크루지가 자세히 보니) 현찰 통, 열쇠, 맹꽁이자물쇠, 장부, 증서, 쇠로 만든 무거운 돈지갑이 쇠사슬에 주렁주렁 달려 있었다. 그의 몸은 투명했다. 그래서 스크루지는 그의 조끼를 살펴보던 중 외투 뒤쪽에 있는 단추 두 개까지도 훤히 볼 수 있었다.

스크루지는 '말리에게 오장육부가 없다'*는 말을 종종 들어본 적이 있었으나 여태껏 그 말을 믿은 적은 한 번도 없었다.

아니, 그는 지금 이 순간까지도 그 말을 믿지 않았다. 그가 아무리 환영을 속속들이 살펴보고 또 자기 앞에 서 있는 모습을 봤어도, 차디찬 두 눈이 발산하는 으스스한 기운을 느꼈어도, 그리고 예전엔 그런 모습을 결코 본 적이 없는 머리와 턱을 둘둘 감아 놓은 붕대의 재질까지 뚜렷이 보였음에도, 그럼에도 그는 여전히 믿을 수 없었고, 자신의 감각을 믿지 않으려 했다.

"어찌 된 일이지?" 스크루지는 늘 그렇듯 매정하고 쌀쌀맞

---

* 원문의 'Marley had no bowels'는 몸이 투명하다는 뜻이다. 그런데 '내장(bowels)'이라는 단어는 빅토리아시대 사람들에게 '인정이 깃들어 있는 곳'이라는 뜻으로도 쓰였다. 스크루지 생각으로는 동업자 말리도 자기만큼은 아니지만 생전에 자선을 베풀지 못하고 인정 없는 삶을 살았다는 뜻을 내포하고 있다.

게 말했다. "내게 무슨 볼일이라도 있어?"

"많지!" ……의심의 여지가 없는 말리의 목소리였다.

"자넨 누구야?"

"누구**였는지** 물어봐야지."

"그럼 자넨 누구**였지**?" 스크루지가 언성을 높이며 말했다. "까다롭군… 그림자치고." 그는 '그림자**만큼이나**'라고 말할까 하다가 그 말이 더 적절해 보여 바꿔 말했다.

"생전에 자네의 동업자였던 제이콥 말리야."

"그럼… 앉을 수 있겠는가?" 스크루지가 미심쩍은 눈으로 그를 쳐다보며 물었다.

"앉을 수 있지."

"그럼 앉아."

스크루지가 이렇게 물어본 것은 그처럼 투명한 유령이 의자에 앉을 상태가 되는지 어떤지를 알 수 없었고, 또 앉기가 불가능할 경우 난처한 변명을 늘어놓을지도 모르기 때문이었다. 그러나 유령은 아주 익숙한 듯이 난로 맞은편에 앉았다.

"자네는 나를 믿지 않는군." 유령이 말했다.

"믿지 않아." 스크루지가 말했다.

"자네가 이렇게 나를 보고 내 목소리를 듣고 있는데, 내 존재에 대해 어떤 다른 증거가 필요하단 말인가?"

말리의 유령

"모르겠네." 스크루지가 말했다.

"자넨 왜 감각을 의심하지?"

"왜냐하면," 스크루지가 말했다. "감각이란 하찮은 것에도 영향을 받기 때문이야. 배가 조금만 거북해도 감각은 속아 넘어간단 말이야. 자네는 소화가 덜 된 쇠고기 덩어리, 겨자 찌꺼기, 치즈 한 조각, 설익은 감자 부스러기일지도 모르지. 자네가 무엇인지 몰라도, 자네 몸에서는 무덤 냄새보다는 고기 소스 냄새가 더 난단 말이야."

스크루지는 농담을 하는 버릇도 없었고, 그 시점에서 장난기 어린 생각이 그의 마음속에서 일어난 것도 아니었다. 사실은 자신의 관심을 딴 데로 돌려 두려움을 떨쳐 버릴 목적으로 재치를 부려 본 것이었다. 유령의 목소리가 그의 뼛속까지 어지럽혀 놓았기 때문에.

스크루지는 앉아서 저 고정되어 있는 멍한 눈을 말없이 잠시 동안 노려보게 되면 유령을 물리칠 수 있을 것이라고 생각했다. 게다가 유령이라는 존재가 지옥 같은 분위기를 풍겨 뭔가 무시무시한 기운이 감돌고 있었다. 스크루지가 그 기운을 직접 느낀 것은 아니었지만 분명한 사실이었다. 유령은 꼼짝도 하지 않고 앉아 있었지만, 그의 머리카락과 외투 자락과 구두 장식 술이 흡사 오븐에서 나오는 뜨거운 수증기로 인한

크리스마스 캐럴

것처럼 계속 흔들거리고 있었다.

"이 이쑤시개 보이지?" 스크루지는 방금 말한 그 이유 때문에 재빨리 다시 공격하면서 단 1초 동안이라도 돌같이 딱딱한 유령의 시선을 딴 데로 돌려보고 싶었다.

"물론이지." 유령이 대답했다.

"이걸 보고 있지도 않으면서." 스크루지가 말했다.

"그래도 보여." 유령이 말했다. "보고 있지 않지만."

"좋아!" 스크루지가 대답했다. "이걸 인정할 도리밖에 없군. 그리고 내 스스로 상상해 낸 도깨비 무리한테 평생 동안 시달리면서 살아야겠군. 빌어먹을, 알아! 이런 젠장 맞을 일이!"

이 말을 듣자 유령은 끔찍한 소리를 내지르고, 암울하고 무시무시한 소리를 내며 쇠사슬을 흔들어 댔다. 스크루지는 정신을 잃고 쓰러지지 않으려고 의자를 꽉 붙잡고 있었다. 그러나 실내가 너무 더운지 유령이 머리에 둘둘 감고 있던 붕대를 풀어 헤치자 그의 아래턱이 가슴팍 쪽으로 툭 하고 떨어졌고! 이 모습을 본 스크루지는 공포심이 극에 달했다.

스크루지는 무릎을 꿇고 두 손을 얼굴 앞에 모았다.

"제발 살려 주시오!" 그가 말했다. "끔찍한 유령님, 왜 나를 괴롭히시오?"

"이 세속적인 인간아!" 유령이 대답했다. "나의 정체를 믿느

말리의 유령

냐, 안 믿느냐?”

“믿겠소.” 스크루지가 말했다. “믿어야 되지 않겠소. 하지만 왜 유령들은 이 세상에 돌아다니고, 또 나한테 온단 말이오?”

“모든 인간에게는,” 유령이 대답했다. “그 안에 영혼이란 게 있는데 그 영혼이 사람들 사이를 돌아다니며 널리 그리고 멀리 여행을 하도록 만들어야 해. 그런데 만일 그 영혼이 생전에 그렇게 돌아다니지 않았다면, 죽은 후에 그렇게 하도록 벌을 받는 거지. 운명적으로 이 세상을 방랑하는 거야… 아, 슬프구나!… 살아생전에 함께 나누어 행복할 수 있었을 텐데! 지금은 함께 나눌 수 없는 것을 지켜보고 있을 뿐이구나.”

다시 유령은 큰 소리를 지르고 쇠사슬을 흔들며 그림자 같은 두 손을 비틀어 쥐어짰다.

“쇠사슬에 묶여 있군요.” 스크루지가 부들부들 떨면서 말했다. “왜 그렇게 되었소?”

“생전에 내가 만든 쇠사슬을 걸치고 있는 거야.” 유령이 대답했다. “내가 한 개씩 한 개씩 연결해서 조금씩 만들었지. 나는 내 자유의지로 그것을 내 몸에 걸치고 내 자유의지로 그것을 입고 다니고 있네. 이 모양이 **자네**한텐 이상해 보이나?”

스크루지는 더욱 심하게 몸을 떨었다.

“아니면 자네는 알고 있는가,” 유령이 추궁하듯 물었다. “자

크리스마스 캐럴

네가 감고 다니는 쇠사슬의 길이와 무게가 얼마나 되는지를? 자네 쇠사슬은 7년 전 크리스마스이브 때 이미 내 것만큼이나 무겁고 길었지. 이후로 자네는 그것을 만들려고 힘을 쏟았으니, 이제는 엄청 묵직한 쇠사슬이 되었을 거야!"

스크루지는 100미터쯤 되는 긴 쇠사슬에 휘감겨 있을 거라는 생각이 들어 자기 주위 바닥을 둘러보았지만 아무것도 없었다.

"제이콥," 그가 애원하듯 말했다. "제이콥 말리 영감, 좀더 말해 주게. 나한테 위안이 되는 말 좀 해주게, 제이콥!"

"자네에게 해줄 위안의 말은 없어." 유령이 대답했다. "위안은 다른 세상에서나 있는 거야. 에브니저 스크루지, 다른 전령들이 자네와는 다른 부류의 사람들에게 전해 주는 거지. 난 하고 싶은 말도 마음대로 말할 수 없어. 내게 허용된 말은 내가 지금까지 한 말에다 몇 마디 더 붙이면 그게 다야. 난 쉴 수도 없고, 머물 수도 없고, 어디에서든 오래 머물지 못해. 내 영혼은 우리 회계사무실 밖으로 나가 본 적이 한 번도 없어… 잘 듣게… 생전에 내 영혼은 쥐구멍 같은 환전 창구 구멍 밖으로 나가 돌아다닌 적이 없어. 그래서 지금 이렇게 피곤한 여행을 하고 있는 거지!"

스크루지는 생각에 잠길 때마다 두 손을 바지 주머니에 넣

말리의 유령

는 버릇이 있었다. 지금도 그는 유령이 하는 이야기를 곰곰이 생각하며 바지 주머니에 두 손을 집어넣었다. 그러나 두 눈은 치켜뜨지 않았고, 무릎을 꿇고 있었다.

"아주 느리게 돌아다니고 있는 게 확실한 모양이죠, 제이콥." 스크루지는 겸손하게 예의를 갖추었지만 장사꾼 같은 태도로 말했다.

"느리다고!" 유령이 재차 말했다.

"죽은 지가 7년인데," 스크루지가 생각에 잠기며 말했다. "그 세월 내내 떠돌아다니고 있었다니!"

"그 기간 내내," 유령이 말했다. "휴식도 없고, 평화도 없이. 양심의 가책으로 끊임없이 괴로워하면서."

"빨리 돌아다닌단 말이오?" 스크루지가 물었다.

"바람의 날개를 타고서지." 유령이 대답했다.

"7년 동안 상당한 지역을 돌아다녔겠군요." 스크루지가 말했다.

이 말을 듣자 유령은 또다시 큰 소리를 지르고 쥐 죽은 듯이 적막한 밤에 섬뜩하게도 쇠사슬을 절거덕거렸다. 구區에서 그를 소란죄로 기소해도 아무 말도 하지 못할 것이다.

"오! 붙잡히고, 묶이고, 이중의 쇠사슬에 채워진 이 몸!" 유령이 외쳤다. "모르고 있단 말인가, 불멸의 존재들이 이 세상

크리스마스 캐럴

을 위해 끊임없이 일하고 있지만 그 선함이 완전히 드러나기
도 전에 그들은 영원의 세계로 떠나야만 한다는 사실을. 모
르고 있단 말인가. 그것이 뭐든 간에 기독교 정신으로 이 작
은 영역에서 친절을 베풀고 있지만, 그 수많은 유익한 일을 베
풀기에는 유한한 인간의 삶이 너무 짧다는 사실을. 모른단 말
인가. 한 번뿐인 삶의 기회가 잘못 사용된 데 대해 아무리 후
회해도 보상이 없다는 사실을! 하지만 그게 바로 내 경우였
어! 오! 내가 바로 그런 사람이었어!"

"하지만 제이콥, 자네는 언제나 훌륭한 사업가였잖아." 스크
루지가 더듬거리며 말했다. 그는 이제 유령의 말을 자신의 삶
에 대입시켜 보기 시작했다.

"사업!" 유령은 다시 두 손을 비틀며 외쳤다. "인류가 내 사
업이었지. 공공의 복지가 내 사업이었어. 자선, 자비, 관용, 선
행 이런 것들이, 모두, 내 사업이었어. 내가 했던 사업상의 거
래는 바다같이 넓은 내 일들 중에서 그저 물 한 방울에 불과
했지!"

유령은 쇠사슬이 마치 속절없는 번뇌의 원인이라도 된 것
처럼 팔을 쭉 뻗어 그것을 집어 올렸다가 다시 바닥에 세게
던져 버렸다.

"한 해가 흘러 이맘때가 되면," 유령이 말했다. "난 가장 괴

41

말리의 유령

로워. 왜 나는 두 눈을 내리깔고 거만하게 동료 인간들 사이를 걸어 다녔을까! 왜 나는 동방박사들을 미천한 거처로 인도한 축복받은 별을 보려고 고개를 들지 못했던가! 그 별빛이 **나**를 데려다줄 미천한 집들이 없었단 말인가!"

스크루지는 유령이 내뱉는 이야기를 듣고 몹시 당혹스러워 몸을 심하게 떨기 시작했다.

"잘 들어!" 유령이 외쳤다. "시간이 거의 다 되었어."

"그럴게요." 스크루지가 말했다. "하지만 너무 심한 말은 하시 마시오! 복잡한 말도 하지 말고요, 제이콥, 부탁이오!"

"어떻게 내가 자네 앞에 이런 모습으로 나타났는지는 말할 수 없어. 난 이미 오랫동안 자네 옆에서 안 보이는 상태로 앉아 있었지."

별로 기분 좋은 이야기는 아니었다. 스크루지는 몸을 떨면서 이마에 맺힌 땀을 닦았다.

"이건 내가 속죄해야 할 가벼운 벌은 아니야." 유령이 계속했다. "오늘 밤 내가 여기에 온 것은 자네에게 경고를, 자넨 아직 나와 같은 운명을 피할 기회와 희망이 있다는 것을 알려주기 위해서야. 내가 자네에게 기회와 희망을 가져다주는 걸세, 에브니저."

"자네는 언제나 나의 훌륭한 친구였어." 스크루지가 말했

크리스마스 캐럴

다. "고맙네, 친구!"

"유령이 자네를," 유령이 계속 말했다. "세 유령이 찾아올 걸세."

스크루지의 안색은 유령이 조금 전에 지었던 얼굴 표정만큼이나 침울해졌다. "그게 자네가 말한 기회와 희망이란 말인가, 제이콥?" 그는 떨리는 목소리로 물었다.

"그래."

"나… 나는 안 만나는 게 낫겠어." 스크루지가 말했다.

"그들이 방문하지 않으면," 유령이 말했다. "자네는 내가 걸어온 길을 피할 희망이 없어. 내일 새벽 1시에 종이 울리면 첫 번째 유령이 찾아올 거야."

"한꺼번에 만나고 끝낼 수 없을까, 제이콥?" 스크루지가 넌지시 물었다.

"모레 똑같은 시간에 두 번째 유령이 나타날 거야. 세 번째 유령은 그다음 날 밤 자정을 알리는 마지막 종소리가 멈출 때 올 걸세. 이제 나하고는 더 이상 만날 수 없을 거야. 그리고 자네 자신을 위해 오늘 밤 우리 사이에 있었던 일을 꼭 기억해 두게."

이 말을 마치자, 유령은 테이블 위에서 붕대를 집어 들고 전처럼 똑같이 머리를 둘러 감았다. 스크루지는 유령이 붕대

말리의 유령

로 아래턱을 동여맸을 때, 이빨이 서로 부딪쳐 나는 예리한 소리를 듣고 알 수 있었다. 스크루지가 용기를 내 눈을 들어 보니, 이 초자연적인 방문객은 쇠사슬을 팔뚝에 칭칭 묶고 똑바로 서서 자신을 바라보고 있었다.

유령은 뒷걸음치며 스크루지에게서 물러났고, 한 발자국씩 뒤로 물러날 때마다 조금씩 열리던 창문은 유령이 창가에 도착하자 활짝 열려 있었다. 유령은 스크루지에게 가까이 오라고 손짓했다. 둘 사이의 거리가 두 발자국 정도 되었을 때, 말리는 손을 치켜들고 더 이상 가까이 오지 말하고 경고했다. 스크루지는 그 자리에 멈췄다.

스크루지는 유령의 경고에 순종했다기보다는 놀라기도 하고 또 겁에 질려 있었다. 유령이 손을 드는 순간 공기 속에서 혼란스러운 소음을 감지했기 때문이었다. 한탄과 후회가 뒤섞인 소리, 말할 수 없을 정도로 구슬프고 자책하는 통곡 소리가 들렸다. 유령은 잠시 동안 귀를 기울인 후 이 구슬픈 노래를 따라 부르며 쓸쓸하고 어두운 밤 속으로 둥둥 떠서 흘러가 버렸다.

스크루지는 호기심에 참을 수 없어 창가로 가서 밖을 내다보았다.

밤하늘에는 안절부절못하며 분주하게 이리저리 방황하는

크리스마스 캐럴

유령들로 가득 차 있었다. 모두 말리의 유령처럼 쇠사슬을 감고 있었다. 그중 몇몇(아마 죄를 지은 정부 관리들인 것 같았다)은 함께 묶여 있었다. 자유로운 유령은 없었다. 생전에 스크루지가 알고 있던 사람들의 유령도 많이 있었다. 그들 중 하얀 조끼를 입고서 기괴하게 생긴 철제 금고를 발목에 달고 다니는 한 늙은 유령은 낯이 아주 익은 사람이었다. 그 유령은 저 아래 남의 집 현관 층계에서 아기를 안고 있는 가련한 여성을 도와줄 수 없어 애처롭게 울부짖고 있었다. 분명히 그들에게 고통스러운 것은 인간사에 개입해 선행을 베풀려 해도 그럴 힘을 영원히 잃어버렸다는 점이었다.

유령들이 안개 속으로 사라졌는지, 안개가 그들을 수의처럼 감싸 버렸는지 스크루지는 알 길이 없었다. 하지만 유령들과 그들의 목소리도 함께 사라져 버렸다. 밤도 그가 집으로 걸어오던 때와 똑같은 상태가 되었다.

스크루지는 창문을 닫고 유령이 들어왔던 문을 살펴보았다. 문은 그의 손으로 잠가 놓았던 그대로 이중으로 잠겨 있었고 빗장도 누가 건드린 흔적이 없었다. 그는 '빌어먹을!'이라고 내뱉으려고 하다가 "빌어…"에서 멈췄다. 그리고 그가 겪은 감정 때문인지, 아니면 그날의 피로 때문인지, 아니면 눈에 보이지 않는 세계를 잠깐 본 것 때문인지, 아니면 유령과 나눈

흐릿한 대화 때문이지, 아니면 잘 시간이 너무 늦었기 때문인
지, 아무튼 그는 옷도 벗지 않고 침대에 누웠고 순식간에 곯
아떨어졌다.

세 유령 중 첫 번째

잠에서 깨어났을 때, 스크루지는 방 안이 너무 깜깜해서 침대에서 봐서는 투명한 창문과 방의 불투명한 벽을 거의 분간할 수 없었다. 그는 족제비 같은 눈을 하고 어둠을 꿰뚫어 보려고 애를 쓰고 있었다. 그때 동네 교회 종이 정각을 알리는 종소리를 울렸다. 그래서 그는 정확한 시간을 알기 위해 귀를 기울였다.

참으로 놀랍게도 그 육중한 종은 여섯 번에서 일곱 번까지, 다시 일곱 번에서 여덟 번까지 그리고 규칙적으로 열두 번을 치더니 멈추었다. 12시! 그가 잠자리에 들었던 시각이 새벽 2시였는데. 시계가 고장 났을 거야. 고드름이 시계 부속품 속

47

에 들어간 게 틀림없어. 12시라니!

그는 리피터 시계*의 스프링을 만지면서 이 바보 같은 시계를 고쳐 보려고 했다. 이 시계도 짧고 빠르게 열두 번 맥박을 뛰고 난 뒤 멈춰 버렸다.

"아니, 이럴 리가," 스크루지가 말했다. "내가 하루 종일 잤는데 또 한밤중이라니. 태양에 뭔 일이 생겼을 리가 없잖아. 지금은 낮 12시야."

이런 생각에 가슴이 철렁 내려앉아, 그는 침대에서 기어 나와 창문 쪽으로 더듬어 걸어갔다. 창밖을 보려면 실내복 소매로 성에를 문질러 닦아야 했다. 그런데도 보이는 건 아무것도 없었다. 그가 파악하기로는 안개가 여전히 자욱하게 끼어 있고 엄청 춥다는 것, 그리고 만일 밤이 낮 시간을 물리치고 세상을 지배했다면 분명히 사람들이 이리저리 뛰어다니고 커다란 소란도 있어야 했는데, 그런 일이 없다는 것이다. 낮 시간이 없어진 것은 잘된 일이었다. 며칠이 지났는지 계산할 수 있는 낮 시간이 없다면, "이 환어음 제시 3일 후 에브니저 스크루지 또는 그 지명인에게 지불할 것" 따위의 계약서는 미합중국의 증권 꼴이 날지도 모를 일이었다.**

* repeater : 15분, 30분, 1시간 등 특정한 시간마다 소리로 시간을 알려 주는 손목시계.
** 1830년대 후반 미국은 금융위기를 맞아 주식이 폭락해 가치가 없었다.

크리스마스 캐럴

스크루지는 다시 잠자리에 들어, 아무리 생각하고 또 생각하고, 생각해 봐도 도무지 이해할 수 없었다. 생각하면 할수록, 점점 더 혼란스러워졌으며, 그 생각을 하지 않으려고 하면 할수록, 그 생각이 더 들었다. 말리의 유령이 그를 뼛속까지 괴롭혔다. 그가 성숙한 논리를 펴서 이 모든 것이 꿈에 불과하다는 결론을 내릴 때마다, 풀어놓은 용수철처럼 그의 마음은 다시 원래 자리로 되돌아가 똑같은 문제를 다시 풀어야 했다. "이게 꿈이었나, 생시였나?"

종이 15분을 칠 때까지, 스크루지는 그렇게 누워 있었는데, 종이 새벽 1시를 치면 유령이 찾아올 것이라던 유령의 경고가 불현듯 머리에 떠올랐다. 그는 1시가 지날 때까지 잠들지 않고 누워 있기로 결심했다. 그가 죽어서 천국에 올라갈 만큼이나 잠이 올 가능성도 없다는 걸 고려해 볼 때, 이것은 그의 힘으로 할 수 있는 가장 현명한 결정이었을 것이다.

15분은 긴 시간인지라 그는 자기도 모르게 졸았고, 종 치는 시간을 놓쳐 버렸을 것이라고 확신했던 적이 한두 번이 아니었다. 마침내 그의 귓가에 종소리가 울려 퍼졌다.

"딩, 동!"

"15분이 지났구나." 스크루지가 세면서 말했다.

"딩, 동!"

세 유령 중 첫 번째

"반이 지났군!"

"딩, 동!"

"15분 전이야!" 스크루지가 말했다.

"딩, 동!"*

"1시가 되었어." 스크루지가 의기양양하게 말했다.

"아무 일도 없잖아!"

그가 이 말을 하자마자 1시를 알리는 종이 울렸다. 깊고, 둔하고, 공허하고 우울한 종소리였다. 그 순간 그의 방에서 불빛이 번쩍하더니 침대의 커튼이 젖혀졌다.

말하자면 누군가의 손에 의해 그의 침대 커튼이 옆으로 젖혀진 것이다. 발밑에 있는 커튼도 아니고, 등 쪽 커튼도 아니고 바로 얼굴을 마주하고 있는 커튼이 젖혀졌다. 그의 침대 커튼이 스르르 걷혔다. 스크루지가 구부정하게 몸을 반쯤 일으키는 순간, 커튼을 당기던 저세상의 방문자와 얼굴을 서로 마주 보게 되었다. 지금 내가 여러분을 대하고 있듯이, 내가 영혼이 되어 여러분 바로 곁에 서 있는 것처럼.

이상한 모습—어린애 같기도 하고—이었다. 하지만 시야에서 멀어지면 아이의 몸처럼 줄어들었다. 그것은 어떤 초자연

* 스크루지는 리피터 시계를 15분마다 울리게 해놓았다.

적인 매개를 통해 보이기 때문인데 늙은 사람 같기도 하고 아이 같기도 했다. 목 주위에서 내려와 등으로 늘어뜨린 그것의 머리카락은 나이 든 사람들처럼 백발이었다. 하지만 얼굴에는 주름살 하나 없고 매끄러운 피부는 생기가 돌았다. 두 팔은 매우 길고 튼튼했다. 손도 마찬가지였는데, 손아귀의 힘도 대단한 듯 보였다. 아주 섬세하게 생긴 두 다리와 발은 두 팔과 마찬가지로 맨살이었다. 유령은 새하얀 튜닉을 입고 있었고 허리에는 번쩍이는 벨트를 두르고 있었는데, 벨트에서 아름다운 광채가 뿜어져 나왔다. 손에는 싱싱하고 푸른 호랑가시나무 가지 하나를 쥐고 있었다. 그리고 그의 옷에 장식된 여름꽃들은 겨울철 상징과는 묘한 대조를 이루고 있었다. 그러나 이 유령에 관해 가장 이상한 것은 머리의 정수리에서 눈부시게 밝은 빛줄기가 솟아나고 있다는 것이었는데, 그 빛으로 인해 이 모든 것들이 자세히 보였다. 그리고 활동하지 않을 때는 겨드랑이에 끼고 있는 모자처럼 생긴 커다란 소등기를 이용해 빛을 차단하는 것이 분명했다.

그러나 스크루지가 점차 마음을 진정시키고 그를 바라보자 괴상한 것은 그 불빛만이 **아니었다.** 벨트가 이쪽저쪽 돌아가며 번쩍번쩍 빛이 났는데, 밝아졌다가 즉시 어두워졌다. 그 인물의 형상도 빛의 명암에 따라 모습이 바뀌었다. 팔이 한

세 유령 중 첫 번째

개로 보일 때도 있고, 다리가 하나로 혹은 스무 개로 보일 때도 있고, 두 다리는 있는데 머리가 없기도 하고, 머리는 있는데 몸통이 안 보이기도 했다. 이렇게 사라져 버린 부분들은 짙은 암흑 속에 녹아 없어져 윤곽이 보이지 않았다. 그래서 불가사의 같은 광경을 보고 있자니, 유령은 다시 원래의 모습이 되어 조금 전과 똑같이 뚜렷하고 분명한 형상이 되었다.

"당신이 나를 방문하겠다고 예고한 그 유령 양반이시오?" 스크루지가 물었다.

"그렇소."

목소리는 부드럽고 상냥했다. 이상할 정도로 낮은 음성은 가까이에서가 아니라 먼 곳에서 들리는 것 같았다.

"당신은 누구며 무얼 하는 분이오?" 스크루지가 물었다.

"나는 과거의 크리스마스 유령이오."

"오랜 옛날인가요?" 스크루지가 난쟁이처럼 작은 유령을 관찰하면서 물었다.

"아니. 당신의 과거요."

어쩌면, 누군가가 물어본다면 그 이유를 설명할 수 없을 테지만, 스크루지는 그 유령이 모자 쓰는 모습을 특히 보고 싶어 그에게 한번 써보라고 간청했다.

"뭐라고요!" 유령이 소리쳤다. "당신은 내가 주고 있는 이 빛

크리스마스 캐럴

을 세속적인 손으로 그렇게도 빨리 꺼버리려고 하는 것이오?
이 모자를 열정적으로 만들어 긴긴 세월 동안 내 머리 위에
푹 눌러쓰고 다니게 한 사람들 중에 당신도 포함되어 있는 것
만으로 충분치 않단 말이오!"

스크루지는 지금 상대를 화나게 하거나, 혹은 유령이 살아
온 어느 때라도 고의로 그에게 모자를 씌우게 했던 적은 없었
다고 공손하게 말했다. 그러고는 무슨 볼일로 이곳에 왔는지
대담하게 물어보았다.

"당신의 행복을 위해서." 유령이 대답했다.

스크루지는 대단히 고맙다는 말을 하기는 했지만 깨우지
않고 하룻밤을 푹 자도록 해주는 것이 그를 더 행복하게 만
들어 준다는 생각을 하지 않을 수 없었다. 유령은 그의 생각
을 듣기라도 했듯이 즉시 말했다.

"그렇다면, 당신의 교화를 위해. 조심해요."

유령은 이렇게 말하면서 그의 억센 손을 내밀어 스크루지
의 팔을 부드럽게 잡았다.

"일어서세요. 나하고 같이 갑시다."

스크루지가 날씨도 시간도 산책하기에 적절치 않으며, 침대
는 따뜻하고, 바깥 온도계는 한참 영하로 떨어져 있고, 자신
은 잠옷과 취침 모자를 걸치고 실내화를 신고 있으며, 게다가

세 유령 중 첫 번째

지금 감기까지 걸려 있다고 사정을 해봐도 소용이 없을 것 같았다. 스크루지를 잡은 유령의 손은 여자 손처럼 부드럽게 느껴졌지만 저항할 수 없는 힘이 있었다. 스크루지는 일어났지만 유령이 창문 쪽으로 가는 것을 눈치채고선 그의 옷자락을 붙잡고 애원했다.

"난 인간이오," 스크루지가 항의하듯 말했다. "그렇게 하다간 떨어질 텐데요."

"내 손이 **거기에** 조금만 닿아도," 유령이 그의 가슴에 손을 얹으며 말했다. "지금보다 더 높이 올라갈 수 있어요."

이 말이 끝나자마자, 그들은 벽을 통과해 양쪽에 들판이 있는 시골길 위에 서 있었다. 도시는 완전히 사라져 버렸다. 조그만 흔적도 볼 수 없었다. 어둠도 안개도 함께 사라져 버렸다. 땅 위에 눈이 덮여 있는 맑고 추운 겨울 한낮이었다.

"이럴 수가!" 스크루지가 두 손을 모으고 주위를 둘러보며 말했다. "이곳은 내가 자란 곳이야. 여기서 어린 시절을 보냈어."

유령은 온화한 눈길로 그를 바라보았다. 유령의 부드러운 감촉은 가볍고 순간적인 것이긴 했지만 나이 든 스크루지의 감각에 계속 남아 있는 듯했다. 스크루지는 대기에 떠다니는 온갖 향기를 맡았다. 그는 그 향기 하나하나에 오래전에 잊어

버린 수많은 생각, 희망, 즐거움, 근심이 연결되어 있음을 느꼈다.

"당신의 입술이 떨리고 있군요." 유령이 말했다. "그리고 당신 뺨 위의 그건 뭐요?"

스크루지는 평소와 달리 상냥한 목소리로 그건 뾰루지라고 얼버무린 뒤 유령에게 가고 싶은 대로 어서 인도해 달라고 애원했다.

"이 길이 기억나는 모양이죠?" 유령이 물었다.

"물론 기억하고말고요!" 스크루지가 열띤 목소리로 말했다. "눈 감고도 갈 수 있단 말이오."

"오랜 세월 동안 이 길을 잊고 살다니, 이상하군요." 유령이 소감을 말했다. "어서 가봅시다."

그들은 길을 따라 걸어갔다. 스크루지는 대문, 기둥, 나무 할 것 없이 모두가 눈에 익었다. 마침내 조그만 장이 서는 마을이 저 멀리에 나타났다. 다리와 교회와 굽이치는 강도 보였다. 털이 무성한 당나귀 몇 마리가 아이들을 등에 태우고 그들 쪽으로 터벅터벅 걸어오는 모습이 보였다. 그 아이들은 시골 마차와 짐마차에 탄 다른 아이들에게 소리를 질렀다. 이 모든 아이들이 기분이 좋아 서로에게 큰 소리를 질러 대는 통에 넓은 들판은 즐거운 음악으로 넘쳐흘렀고 상쾌한 공기도

세 유령 중 첫 번째

그 소리를 듣고 웃을 정도였다.

"이것들은 지나간 일들의 그림자일 뿐이오." 유령이 말했다. "저 아이들은 우리를 전혀 알아보지 못해요."

유쾌한 여행객들이 다가왔다. 그들이 다가오자 스크루지는 그들 모두를 알아보고 이름을 하나하나 불렀다. 왜 그는 그들을 보고 무한한 기쁨을 느꼈을까? 그들이 그 옆을 지나갔을 때 왜 그는 그의 냉정한 눈에 눈물이 고이고 심장이 두근두근 뛰었을까? 그들이 갈림길과 샛길에서 헤어져 각자 집을 향해 가면서 서로에게 '메리 크리스마스'라고 인사하는 소리를 들었을 때, 왜 그는 기쁨으로 가득 찼는가? 스크루지에게 크리스마스란 무엇이었는가? 빌어먹을 메리 크리스마스! 그것이 그에게 무슨 도움이 되었단 말인가?

"학교가 텅 비어 있지는 않아요," 유령이 말했다. "친구들한테 따돌림받는 외로운 아이 하나가 아직 그곳에 남아 있지요."

스크루지는 그 아이를 안다고 말했다. 그리고 흐느껴 울기 시작했다.

그들은 큰길을 벗어나 기억이 생생한 샛길을 따라 걸어서 곧 칙칙한 붉은 벽돌 저택에 도착했다. 수탉 모양의 자그마한 풍향계가 달린 둥근 지붕이 솟아 있었고, 그 안에는 종이 하

크리스마스 캐럴

나 걸려 있었다. 대저택이었지만 가세가 기울어 버려진 집이었다. 널찍한 사무실은 사용하지 않아서 축축한 벽에 이끼가 끼어 있었고, 창문들은 망가져 있었으며, 문은 썩어 있었다. 마구간에는 닭들이 꼬꼬댁거리며 활보하고 있었고, 마차를 보관하던 곳과 헛간마다 잡초가 무성히 자라고 있었다. 저택 내부도 옛날 그 모습이 아니었다. 음산한 홀 안으로 들어가니 열린 문으로 많은 방들이 보였는데, 가구들이 여기저기 뜯겨진 채 버려져 있어 으스스하고 공허한 분위기를 자아냈다. 집 안의 공기 속에는 흙냄새가 배어 있었고 냉랭하고 휑한 느낌이 들었는데, 많은 사람들이 촛불을 밝히고 서 있지만 차린 음식이 별로 없는 그런 모습이 연상되었다.

유령과 스크루지는 홀을 가로질러 건물 뒤쪽에 있는 문으로 갔다. 그 문은 열려 있었고, 기다랗고 텅 비어 있는 음울한 방 하나가 나타났다. 줄지어 놓여 있는 아무 칠도 하지 않은 나무 의자와 책상들로 인해 더 썰렁해 보였다. 이 의자들 중 하나에 한 소년이 외롭게 앉아 꺼져 가는 난로 곁에서 책을 읽고 있었다. 스크루지는 한 의자에 앉더니, 가엾게도 자신의 잊어버린 예전 그대로의 모습을 발견하고 눈물을 흘렸다.

건물 안에 숨어 있는 메아리건, 널빤지 뒤에서 찍찍거리며 싸우는 쥐들의 소리건, 어두컴컴한 뒤뜰의 반쯤 녹은 배수관

세 유령 중 첫 번째

에서 똑똑 떨어지는 물소리건, 기운 없어 보이는 한 그루 포플러나무의 앙상한 가지 사이에서 들려오는 한숨짓는 소리건, 텅 빈 헛간의 문이 할 일 없이 이리저리 흔들리는 것이건, 난롯불이 지지직 소리를 내며 타는 모습이건, 어느 것 하나 은은한 감동으로 스크루지의 가슴 깊이 스며들어 그를 눈물짓게 하지 않는 것은 없었다.

유령은 그의 팔을 잡고 열심히 책을 읽고 있는 그의 어릴 적 모습을 가리켰다. 그때 갑자기 외국풍의 옷차림을 한 어떤 남자가, 놀랍게도 생생하고 뚜렷한 모습이었는데, 벨트에 손도끼를 차고, 목재를 가득 실은 당나귀 고삐를 잡아끌며 창밖에 서 있었다.

"아니, 알리바바잖아!" 스크루지는 어쩔 줄 모르며 소리를 질렀다. "나이 드신 정직한 알리바바지. 그래, 맞아, 알겠어. 저 외톨이 아이가 완전히 홀로 남아 있던 어느 크리스마스 날, 처음으로 그가 바로 저런 모습을 하고 **왔었어.** 가엾은 녀석. 그리고 밸런타인도 있네." 스크루지가 말했다. "그의 버릇없는 동생 오슨도 있어.* 모두들 가고 있군. 그리고 잠든 사이에 속옷만 입은 채 다마스쿠스 성문**에 내버려진 저 친구 이름이

* 밸런타인과 오슨. 프랑스 중세 산문 로망스에 나오는 쌍둥이 형제이자 주인공이다.
** 예루살렘으로 들어가는 큰 성문 중의 하나.

58

크리스마스 캐럴

뭐더라. 보이지 않아요? 그리고 지니가 거꾸로 매달아 놓은 술탄의 마부. 저기 머리를 처박고 매달려 있군. 꼴좋다. 그 꼴을 보니 내 기분이 다 시원하네. **그놈** 주제도 모르고 공주하고 결혼하려 들다니."*

스크루지는 웃는 것도 아니고 우는 것도 아닌 괴상한 소리를 지르고 있었다. 이런 일에 진지하게 떠들어 대는 그의 본성에서 우러나오는 소리를 듣는다면, 그리고 흥분되어 한껏 고조된 그의 얼굴을 본다면, 런던에 있는 그의 사업상 친구들은 그야말로 깜짝 놀랄 것이다.

"앵무새가 있네." 스크루지가 외쳤다. "초록빛 몸통에 노란 꽁지. 머리 위에 상추 같은 것이 자라는 모양의 녀석. 저기에 있군! 가엾은 로빈 크루소. 크루소가 섬을 한 바퀴 항해하고 집에 오면 앵무새가 그렇게 불렀지. '가엾은 로빈 크루소, 어디 갔다 오세요, 로빈 크루소?' 그는 꿈을 꾸고 있다고 생각했지, 그게 아니었어. 알다시피 앵무새 소리였어. 저기 프라이데이**가 개천으로 죽을힘을 다해 달려가고 있군! 어이! 어서! 어

---

* 『아라비안나이트』의 「누르 알 딘 알리와 그의 아들 바드르 알 딘 하산의 이야기」에 나오는 내용.

** 영국의 소설가 다니엘 디포우(Daniel Defoe1)가 쓴 『로빈슨 크루소』의 주인공 크루소는 무인도에 산 지 25년이 되던 어느 날, 섬에 상륙한 식인종들로부터 도망치는 식인종 한 명을 구출해 그의 이름을 '프라이데이'라고 지었다(금요일에 구출했기 때문에 이런 이름을 붙였다).

세 유령 중 첫 번째

이!”

그러고 나서 스크루지는 평소와는 완전히 다른 성격으로 갑자기 바뀌더니, 자신의 옛 모습을 가엾게 여긴 나머지 “불쌍한 녀석!” 하며 다시 울먹였다.

“그랬으면 좋았을 텐데,” 스크루지는 호주머니에 한 손을 넣고 주변을 두리번거리더니 소매로 두 눈을 닦고 중얼거렸다. “하지만 이제는 너무 늦었어.”

“무슨 일 있어요?” 유령이 물었다.

“아무것도 아니오,” 스크루지가 대답했다. “아무것도. 어젯밤 내 집 문 앞에서 크리스마스 캐럴을 부르던 아이가 있었소. 개한테 뭘 좀 주었으면 좋았을걸요. 그게 전부요.”

유령은 생각에 잠겨 미소를 짓다가 손을 흔들며 전과 똑같이 말했다. “다른 크리스마스를 보러 가죠!”

이 말을 마치자 옛날 어린 스크루지의 몸은 점점 커져 갔고, 방 안도 어둑어둑해졌고 더 더러워졌다. 벽의 널빤지가 오그라들었고 창문도 갈라졌다. 천장에서는 석회석 조각들이 우두둑 떨어지더니 윗가지들이 그대로 드러났다. 하지만 어떻게 이런 일이 일어났는지 스크루지도 독자 여러분만큼이나 알 수 없었다. 그는 이게 매우 정확하다는 것, 다시 말해 이 모든 것이 그때 그대로 일어났었고, 다른 아이들이 모두 즐거

크리스마스 캐럴

운 휴일을 보내기 위해 집으로 간 사이에 그는 그곳에 홀로 남아 있었다는 것만 알 뿐이었다.

어린 스크루지는 이제 책을 읽지 않고 절망적인 표정으로 왔다 갔다 하고 있었다. 스크루지는 유령을 쳐다본 뒤 슬픔에 잠겨 머리를 흔들면서 애처로운 표정을 지으며 문 쪽을 힐끗 보았다.

문이 열리면서 소년보다 훨씬 어린 한 소녀가 쏜살같이 뛰어들어와 그의 목을 안고 그에게 뽀뽀를 하며 "오빠, 우리 오빠."라고 불렀다.

"집으로 데려가려고 왔어, 사랑하는 오빠!" 소녀는 허리를 구부리고 자그마한 손으로 박수를 치고 웃으며 말했다. "집으로 같이 가, 집으로, 집으로!"

"집이라고? 나의 귀여운 팬!" 소년이 대답했다.

"응!" 소녀는 기쁨에 넘쳐 말했다. "집으로, 영원히, 집으로, 언제까지. 아빠가 예전보다 훨씬 다정하셔. 이제 집은 천국 같아! 요전날 밤에 자려고 하는데 아빠가 나한테 너무나 다정하게 말을 걸어와서 난 겁도 없이 아빠한테 오빠가 집에 와도 되냐고 물어봤어. 아빠는 좋다고 하면서 오빠를 데려오라고 하셨어. 그러고는 오빠를 데려오라고 나를 마차에 태워 이곳으로 보낸 거야. 그리고 오빤 이제 어른이 되었잖아!" 소녀가

세 유령 중 첫 번째

눈을 동그랗게 뜨고 말했다. "다시는 이곳에 오지 않아도 돼. 하지만 우선 크리스마스 기간 내내 함께 보내게 될 거야. 이 세상에서 가장 행복한 시간을 보낼 거야."

"너도 다 컸구나, 나의 귀여운 팬!" 소년이 외쳤다.

소녀는 손뼉을 치며 웃은 뒤, 소년의 머리를 만져 보려 했지만 키가 너무 작아 다시 깔깔 웃고는, 발끝으로 서서 그를 껴안았다. 그러고는 소녀는 졸라 대는 아이처럼 그를 문 쪽으로 끌어당겼다. 그도 싫지 않아 소녀를 따라갔다.

홀에서 무시무시한 목소리가 들렸다. "거기에 스크루지 군의 짐을 내려놔라!" 그때 선생님이 홀에 나타났다. 그는 사나우면서도 오만한 눈길로 스크루지를 노려보며 악수를 청하기 위해 손을 내미는 바람에 소년 스크루지는 잔뜩 겁을 집어먹었다. 그리고 그 선생님은 그와 소녀를 이제까지 본 것 중에서 가장 으스스한 응접실의 한쪽 구석으로 데려갔는데, 그곳은 흡사 오래된 우물의 깊은 곳처럼 느껴졌다. 그곳에는 지도가 벽에 걸려 있었고, 또 지구의와 천체의가 창문에 놓여 있었는데, 추위로 창백한 모습이었다. 이곳에서 선생님은 진기한 도수가 낮은 포도주 한 병과 묵직한 케이크 한 덩어리를 가져와, 이 맛있는 것을 두 아이에게 주었다. 그리고 동시에 좀 부실해 보이는 하인에게 뭔가 마실 것을 마부에게 갖다주

크리스마스 캐럴

라고 했는데, 그 마부는 고맙다고 인사하면서 전에 맛본 것과 같은 음료라면 사양하겠노라는 답변을 돌려보내 왔다. 이때쯤 스크루지의 트렁크가 이미 마차 위에 묶여져 놓였기에, 아이들은 선생님에게 기분 좋게 작별 인사를 하고 마차에 올랐다. 마차는 정원 사이에 펼쳐진 완만한 길을 달렸다. 상록수의 짙은 잎사귀에 붙어 있는 서리와 눈이 질주하는 마차 바퀴에 부딪혀 물보라처럼 사방에 흩어졌다.

"입김에도 시들어 버릴 것 같았던 늘 연약한 아이였지." 유령이 말했다. "그렇지만 마음 하나는 넓었어!"

"그랬지요." 스크루지가 소리쳤다. "당신 말이 맞아요. 부인하지 않겠소, 유령님. 절대로!"

"성인이 된 후 죽었지요." 유령이 말했다. "그리고 아마 자녀도 있었지."

"한 명 있었소." 스크루지가 대답했다.

"맞아요." 유령이 말했다. "당신의 조카!"

스크루지는 마음이 불편한 듯 "그렇소."라고 짧게 대답했다.

그들이 학교를 뒤로하고 떠나는 순간, 이제는 도시의 분주한 대로에 와 있었다. 그림자 행인들이 지나가고 또 지나갔으며, 짐마차와 사람을 태운 마차의 그림자가 앞다투어 길을 빠

세 유령 중 첫 번째

져나가고 있었는데, 진짜 도시처럼 혼잡하고 시끌벅적한 소란
이 그대로 있었다. 상점에 장식해 놓은 것을 보니 이곳 역시
크리스마스 때인 것이 분명했다. 저녁 시간이어서 거리는 불
빛으로 반짝거렸다.

유령은 어느 창고 문 앞에 멈추더니 스크루지에게 아는 집
이냐고 물었다.

"알다마다요!" 스크루지가 대답했다. "내가 견습생으로 일
했던 곳이오."

그들은 안으로 들어갔다. 웨일스 가발*을 쓴 한 노신사가
눈에 들어왔다. 그는 높은 책상 뒤에 앉아 있었는데 키가 2인
치만 더 컸더라면 천장에 머리를 부딪칠 것 같았다. 스크루지
는 몹시 흥분해서 외쳤다.

"아니, 페지위그 영감님이에요! 원, 세상에, 페지위그 영감
님이 살아 계시다니!"

페지위그 영감은 펜을 내려놓고 시계를 쳐다보았다. 7시를
가리키고 있었다. 그는 두 손을 비비고선 큼지막한 조끼를 고
쳐 입고 그의 발에서부터 자비의 기관**까지 온몸이 울릴 정

---

* Welsh wig : 모직 가발의 일종. 영국 웨일스 중부에 있는 작은 도시인 몽고메리에서 주
로 제작했다.

** organ of benevolence : 앞이마를 가리킨다. 당시에는 이 부분이 튀어나온 정도에 따라
사람의 자비심을 측정했다고 한다.

크리스마스 캐럴

도로 기뻐하며 웃어 대다가 편안하고, 기름지고, 풍부하고, 굵고, 명랑한 목소리로 소리쳤다.

"어이, 이봐! 에브니저! 딕!"

이제 청년으로 성장한 예전의 스크루지가 동료 견습생들과 함께 힘차게 들어왔다.

"딕 윌킨스야, 확실히." 스크루지가 유령에게 말했다. "세상에, 맞아. 딕이 저기에 있어. 나하고 매우 가까웠는데, 딕 말이야. 불쌍한 딕. 이런, 이런."

"자, 자, 여보게들!" 페지위그가 말했다. "오늘 밤 일은 이제 그만. 크리스마스이브잖아, 딕! 크리스마스야, 에브니저! 덧문을 내리자구." 페지위그는 두 손바닥을 탁탁 치며 소리쳤다. "잭 로빈슨에게 말하기 전에 말이야."*

이 두 젊은이가 페지위그의 지시를 얼마나 쏜살같이 처리하는지 믿기지 않을 정도였다. 그들은 덧문들을 들고 길로 뛰어가─하나, 둘, 셋─ 그것들을 제 자리에 갖다 놓고─넷, 다섯, 여섯─ 끼우고 고정시킨 뒤─일곱, 여덟, 아홉─ 그리고 열둘을 세기 전에 경주마처럼 헐떡거리며 돌아왔다.

---

* 16세기 영국의 잭 로빈슨이란 사람이 늘 남의 일에 참견해 소란을 피웠다는 이야기에서 유래되었다. 그래서 '잭 로빈슨에게 말하기 전에'라는 관용구는 '재빨리, 눈 깜짝할 사이에'라는 의미를 갖게 되었다.

65

"좋았어!" 페지위그 영감 또한 높은 책상에서 민첩한 동작으로 뛰어내리며 외쳤다. "자네들 여기 깨끗이 치워 공간을 만들어 봐. 자, 딕! 에브니저!"

깨끗이 치운다! 페지위그 영감님이 바라보고 계시는데 치우지 않을 것, 아니 치우지 못할 것이 없었다. 1분 만에 끝이 났다. 옮길 수 있는 물건이라면 무엇이든 다시는 사용하지 않을 것처럼 영원히 옆으로 치워졌다. 바닥을 쓸고 닦고, 램프의 심지를 다듬고 난로에 연료도 가득 넣어 두었으니, 상점 안은 아늑하고 따뜻하고 상쾌하고 밝은 분위기로 변했다. 겨울밤이면 보고 싶어지는 그런 무도회장이 되었다. 바이올린 악사가 악보를 들고 안으로 들어와 높다란 책상 위에 올라가 그곳을 연주석으로 정하고, 바이올린을 꺼내 배탈이 쉰 번이나 난 것처럼 끽끽거리며 음정을 맞추었다. 페지위그 부인이 넉넉하고 환한 웃음을 지으며 들어왔다. 페지위그의 사랑스러운 세 딸도 방긋 웃으며 들어왔다. 이 세 딸 때문에 가슴을 태우고 있는 여섯 명의 총각들도 들어왔다. 이 회사에서 일하고 있는 젊은 남녀들이 모두 들어왔다. 하녀가 제빵사인 사촌과 함께 들어왔다. 요리사는 그녀 오빠의 각별한 친구인 우유 배달부를 동행하고 들어왔다. 주인한테서 충분히 얻어먹지 못한다는 길 건너 사는 소년도 들어와, 한 집 건너 이웃집에 살고 있

크리스마스 캐럴

는 소녀 뒤에 숨을 듯 자리를 잡았다. 그녀도 주인마님한테서 그녀의 귀를 잡아 뜯긴다는 소문이 돌았다. 이런 식으로 한 사람, 한 사람씩 들어와 다 모였다. 어떤 사람은 수줍은 얼굴로, 어떤 사람은 대담하게, 어떤 사람은 우아하게, 어떤 사람은 어색하게, 어떤 사람은 밀거나 당기며 들어왔는데, 어떻게든 안으로 다 들어왔다. 그러고 나서 그들은 흩어지더니 이내 스무 쌍의 커플이 되어 서로 손을 잡고 반 바퀴 돌다가 다시 반대로 반 바퀴 돌렸다. 다정하게 무리를 지어 다양한 단계로 중간으로 모여들었다가 다시 뒤로 물러났다가 하면서 빙글빙글 돌았다. 선두에 섰던 나이 든 커플이 항상 엉뚱한 곳에서 돌면, 다른 커플이 나타나 다시 선두에 섰지만 그들도 이내 같은 실수를 범했고, 마침내 모든 커플이 한 번씩 선두에 서게 된 뒤에 이제 그들을 도울 마지막 커플이 없어졌다. 춤이 이런 식으로 진행되자, 페지위그 영감은 손바닥을 치며 춤을 멈추게 하고 "잘했어!"라고 소리쳤다. 그리고 바이올린 악사는 애초에 이런 경우를 대비해 특별히 준비해 놓은 흑맥주가 든 통 안에 그의 달아오른 얼굴을 담갔다. 그러나 그는 쉬고 있는 사람들을 비웃기라도 하듯 다시 나타나 춤을 추고 있는 사람도 없는데도 즉시 연주를 하기 시작했다. 마치 조금 전 악사가 녹초가 되어 덧문에 실려 집으로 갔고, 그가 새로 온

세 유령 중 첫 번째

악사라도 되는 듯, 앞선 악사를 이기든지 아니면 쓰러져 죽을 때까지 해보자는 결심을 한 것 같았다.

춤을 더 추었고, 벌칙 놀이도 하다가 또 춤을 추었다. 케이크가 나오고, 니거스 칵테일*도 나오고, 식혀 놓은 구운 고깃덩어리도 나오고, 민스파이와 맥주도 충분히 나왔다. 그러나 구운 고기와 찬 고기에 이어 그날 저녁 최고의 하이라이트는 바이올린 악사(눈치 빠른 사람이야! 여러분이나 내가 말할 필요도 없이 미리 알아서 일을 잘하는 그런 친구로군!)가 〈로저 드 커벌리 경〉**이라는 춤곡을 연주하면서 시작되었다. 그때 페지위그 영감이 그의 부인과 춤을 추려고 일어섰다. 그들에게 딱 어울리는 그 어려운 곡에 맞춰 선두에 서서 춤을 추자, 스물서너 쌍의 남녀가 따라 춤을 추었다. 그들은 하찮게 볼 사람들이 아니었다. 어설프게 걸어 다니는 것이 아니라 진짜 춤깨나 **추려는** 사람들이었다.

그러나 두 배—아니 네 배—나 많은 사람들이 와도, 페지위그 영감은 그들의 적수가 되었을 것이고 페지위그 부인도 마찬가지였다. 그녀로 말하자면 모든 면에서 그의 파트너가 되고도 남았다. 이 정도로도 칭찬이 부족하다면, 더 멋진 찬사

* 포도주에 더운물과 설탕과 레몬을 넣은 음료.
** 여러 명이 두 줄로 추는 영국의 컨트리댄스의 일종.

크리스마스 캐럴

를 가르쳐 달라. 그 말을 여기에 쓰겠다. 페지위그의 종아리에서 빛이 나는 것 같았다. 춤을 추며 움직이는 그의 종아리에서 달빛처럼 빛이 쏟아져 나왔다. 어느 순간에 그의 종아리가 어떻게 움직일지 예측할 수 없었다. 이렇게 페지위그 영감과 그의 부인이 한바탕 춤을 추었는데, 앞으로 갔다가 뒤로 물러서고 파트너와 두 손을 잡고, 남편은 고개를 숙여 절을 하고 부인은 다리를 뒤로 살짝 빼고 무릎을 약간 구부리며 인사를 하고, 빙글 돌고, 팔 밑으로 빠져나갔다가 다시 제자리로 왔다. 페지위그 영감은 춤을 마무리—너무나 민첩하게—했는데, 마치 두 다리로 윙크라도 하는 것 같았고, 두 다리는 전혀 비틀거리지 않고 바닥에 정확히 다시 닿았다.

시계가 11시를 알렸을 때, 가정 무도회는 끝이 났다. 페지위그 부부는 문 양쪽에 각자 자리를 잡고 서서 떠나는 사람과 일일이 악수를 하며 크리스마스 인사를 했다. 모두가 떠나고 견습생 두 명이 남았고, 그 부부는 그들에게도 똑같이 인사를 했다. 이렇게 즐거운 목소리들이 다 사라져 없어지고, 이제 두 젊은이는 상점 뒤쪽 카운터 밑에 있는 침대에 남게 되었다.

이 모습을 지켜보는 동안 스크루지는 내내 정신 나간 사람처럼 행동했다. 그의 가슴과 영혼은 그 장면 속에 들어가 있

세 유령 중 첫 번째

었고, 그의 예전의 자신으로 돌아가 있었다. 그는 모든 일들을 확인했고, 모든 일들을 기억했으며, 모든 일들을 즐겼고, 묘하게도 감정이 흔들리는 것을 경험했다. 예전 자신의 밝은 얼굴과 딕의 모습이 사라지고 나서야 스크루지는 유령을 의식하고서, 그가 자신을 똑바로 쳐다보고 있다는 걸 깨달았다. 유령의 머리 위에서 나오는 빛은 무척 밝았다.

"별일 아니지요." 유령이 말했다. "저 어리석은 친구들에게 저렇게 고마워하도록 해주는 것이."

"별일 아니라니!" 스크루지가 따라 말했다.

유령은 그에게 손짓을 해서 두 명의 견습생들이 말하는 것을 듣게 했다. 그들은 페지위그 영감에 대해 진심 어린 찬사를 쏟아내고 있었다. 그리고 스크루지가 그들의 대화를 엿듣고 있을 때 유령이 말했다.

"그래! 별거 아니야! 페지위그 영감은 당신 인간들의 돈을 몇 파운드, 기껏해야 3, 4파운드밖에 쓰지 않았는데, 이렇게까지 큰 칭송을 받다니?"

"그렇지 않소." 유령의 말을 듣고 흥분한 스크루지가 현재의 모습이 아니라 그의 예전 자아처럼 무의식적으로 말했다. "그렇지 않아요, 유령님. 저분은 우리를 행복하거나 불행하게 해주실 수 있어요. 그리고 우리의 일을 가볍게 하거나 짐이 되

게, 즐거움이 되거나 고역이 되게 하는 힘을 가지고 있단 말이
오. 그런 힘이 그분의 말과 얼굴에 들어 있다고 해두죠. 너무
사소하고 하찮은 것들이라 계산할 수 없다고 해도 그게 어쨌
다는 거죠? 저분이 주는 행복은 커다란 재산을 얻는 것만큼
이나 위대한 것이오.”

그는 유령이 쳐다보고 있는 것을 느끼고는 입을 다물었다.

“무슨 일인데요?” 유령이 물었다.

“별거 아니오.” 스크루지가 대답했다.

“무슨 일이 있는 것 같은데요?” 유령이 집요하게 물었다.

“아니오,” 스크루지가 대답했다. “아무 일도. 지금 내 서기한
테 한두 마디 따뜻한 말이라도 해줄 수 있으면 좋겠소! 그게
다요.”

스크루지가 자신의 소망을 말하고 있을 때, 그의 옛 자아
가 램프의 심지를 낮추었다. 그리고 스크루지와 유령은 다시
바깥 공기에 나란히 서 있었다.

“내 시간이 줄어들고 있어요,” 유령이 주의를 기울이며 말
했다. “서둘러요!”

이 말은 스크루지에게도, 또는 그가 볼 수 있는 어느 누구
에게도 한 것이 아니었지만, 효과가 바로 나타났다. 스크루지
는 다시 자신의 모습을 보고 있었다. 이제는 나이가 들어 한

세 유령 중 첫 번째

창때의 모습이었다. 그의 얼굴에는 세월이 흐른 뒤의 거칠고 깊은 주름살은 보이지 않았지만, 근심과 탐욕의 흔적이 보이기 시작했다. 그의 눈길에는 격렬하고 탐욕스럽고 초조한 기색이 엿보였는데, 그것은 욕망이 이미 뿌리를 내렸고, 그 욕망의 나무가 자라면서 나무 밑에 그늘이 드리워져 있는 것임을 보여 주었다.

그는 혼자 있지 않고 상복을 입은 어느 아름다운 여인 옆에 앉아 있었다. 그녀의 두 눈에는 눈물이 고여 있었고, 그 눈물은 과거의 크리스마스 유령에게서 발산되는 빛에 반사되어 반짝거리고 있었다.

"별 상관이 없어요." 그녀가 나직이 말했다. "당신에게는 정말 하찮은 일이겠지요. 당신에게는 나 대신 다른 우상이 생겼어요. 그리고 내가 그래 왔듯이 그 우상이 앞으로 당신을 위로하고 편안하게 해줄 수 있다면, 굳이 내가 슬퍼할 이유는 없겠지요."

"어떤 우상이 당신 자리를 차지했단 말이야?" 그가 물었다.

"황금 우상."

"이 세상의 거래는 다 공평한 거야!" 그가 말했다. "이 세상에서 가난만큼 학대받는 것은 없어. 부를 추구하는 열정을 그렇게 가혹하게 비난하는 체하다니!"

"당신은 이 세상을 너무 두려워하는군요." 그녀가 부드럽게 대답했다. "당신의 다른 희망들은 모두 세상의 추악한 비난을 피해 보려는 희망 안에 녹아들어 갔어요. 전 당신의 그 고상한 열망이 하나둘씩 떨어져 나가, 결국 지배적 감정인 소유욕에 빠져드는 모습을 지켜봤어요. 안 그런가요?"

"그게 어때서?" 그가 대꾸했다. "내가 더 현명해졌다고 해서, 그게 어때서 그래? 당신에 대한 내 마음은 변하지 않았단 말이야."

그녀는 고개를 저었다.

"내 마음이 변했단 말이야?"

"우리의 언약은 이제 옛일이 되었어요. 우리 둘 다 가난했고, 또 가난에 만족해하던 시절에 한 언약이었죠. 참고 부지런히 일하면 좋은 시절이 와서 잘살게 될 거라고 말예요. 당신은 **변했어요**. 언약을 맺던 시절의 당신 모습은 지금과는 많이 달랐지요."

"그땐 내가 철이 없었어." 그는 참지 못하고 대답했다.

"당신도 예전의 당신이 아니란 걸 잘 알고 계시잖아요." 그녀가 응답했다. "전 예전과 똑같아요. 우리 마음이 하나였을 때 행복을 약속해 주었던 언약이, 이제 우리 마음이 같지 않으니 불행으로 가득 차 있어요. 제가 얼마나 자주, 얼마나 간

세 유령 중 첫 번째

절하게 이 문제를 생각하고 있었는지는 말하지 않을게요. 전 생각을 많이 **해왔고**, 이제 당신을 놓아 드릴 수 있다는 것으로 충분해요."

"나를 놔달라고 내가 말한 적이 있소?"

"말로 말예요? 없어요. 그런 적은 없었어요."

"그럼 도대체 무엇으로?"

"변해 버린 본성을 보면, 달라진 정신을 보면, 달라진 삶의 태도를 보면, 또 다른 희망을 인생의 목표로 삼은 것을 보면요. 그리고 제 사랑에 대한 가치나 참뜻을 당신의 잣대로만 평가하는 모든 면을 보면 알 수 있어요. 당신이 보기에 저의 사랑을 가치 있고 중요하게 만든 그 모든 것에서요. 만일 우리 사이에 그런 언약이 없었더라면," 그녀는 온화하지만 단호하게 그를 쳐다보며 말했다. "말해 보세요, 지금 나에게 찾아와 내 마음을 얻으려 노력했을까요? 오, 아닐 거예요!"

그는 자기도 모르게 그녀가 이렇게 짐작하는 것이 맞다고 생각하는 것 같았지만 그런 생각을 억누르려고 무진 애를 쓰며 소리쳤다. "본심은 아니겠지?"

"할 수만 있다면, 저도 달리 생각하고 싶어요." 그녀가 대답했다. "하늘이 아시겠죠. 이런 진실을 알게 되었을 때 **저는** 그것이 얼마나 강하고 확고부동한 진실인지를 깨달았어요. 그렇지만 당신이 오늘, 내일, 어제 자유로운 사람이었다면, 지참금 없는 여자를 선택하리라고 제가 믿을 수 있을까요? 그녀와 마음을 터놓고 있을 때도 당신은 모든 것을 이익의 측면에서 저울질하는 사람이니까요. 혹은 순간적으로 당신의 삶의 원칙에서 벗어나 그런 여자를 선택할지도 모르죠, 하지만 곧 당신이 분명 후회하고 유감으로 여길 것을 제가 왜 모르겠어요? 전 알아요. 그래서 당신을 놔주려는 거예요. 기꺼이, 예전의 당신을 사랑하는 마음에서요."

그가 무언가 말하려 했지만 그녀는 고개를 돌린 채 계속 말했다.

"당신은… 지난날의 추억을 생각하면 나도 당신이 마음 아프길 조금은 원하긴 하지만… 이 일로 마음이 아프시겠죠. 아주, 아주 잠시 동안이겠죠. 그리고 당신은 이익이 없는 꿈이라고, 또 그런 꿈에서 깨어나길 잘했다고 생각하면서 그 기억을 기꺼이 떨쳐 버릴 테니까요. 당신이 선택한 인생, 행복하길 빌겠어요."

그렇게 그녀는 그에게서 떠났고, 둘은 헤어졌다.

"유령님!" 스크루지가 외쳤다. "더 이상 보고 싶지 않소! 집으로 데려다주시오. 나를 괴롭히는 게 그리도 좋소?"

"그림자 하나만 더!" 유령이 외쳤다.

세 유령 중 첫 번째

"더 이상은 안 돼!" 스크루지가 외쳤다. "제발 그만, 더 이상 보고 싶지 않단 말이오. 더 이상 보여 주지 마시오!"

하지만 유령은 인정사정없이 스크루지의 두 팔을 꽉 잡고 다음에 일어날 광경을 억지로 보게 했다.

그들은 다른 장면, 다른 장소에 있었다. 매우 크지도 않고 깨끗하지도 않았지만 편안한 방이었다. 예쁜 소녀가 난로 옆에 앉아 있었다. 조금 전에 본 그 젊은 여인과 어찌나 닮았는지 스크루지는 같은 사람이 아닐까 생각했는데, 그 젊은 여인은 이제 나이 지긋한 아름다운 부인이 되어 그녀의 딸 맞은편에 앉아 있는 것이 보였다. 방 안에는 마음이 심란해진 스크루지로선 헤아려 볼 수 없을 만큼 많은 아이들이 법석을 떨며 날뛰고 있었다. 시에 나오는 유명한 소 떼*와는 달리 마흔 명의 아이들이 하나처럼 움직이는 것이 아니라, 아이 하나가 마흔 명이나 되는 것 같아 보였다. 그 결과 상상할 수 없을 정도로 큰 소란이 있었지만 신경 쓰는 사람은 아무도 없었다. 오히려 엄마와 딸은 마음껏 웃으며 소란을 즐기고 있었다. 그리고 딸이 이들의 놀이에 합세하자마자 꼬마 악당들로부터

* 윌리엄 워즈워스의 시 〈3월에 쓴 편지(Written in March)〉에 나오는 소 떼를 가리킨다. 이 시의 1연 마지막 3행은 다음과 같다. '소 떼가 풀을 뜯고 있네 / 고개를 한 번도 들지 않고서 / 마흔 마리가 모두 한 마리 같구나!'

크리스마스 캐럴

무자비하게 약탈을 당했다. 나도 저 아이들과 함께 놀 수 있다면 무엇인들 주지 못하겠는가. 하지만 난 저렇게 함부로 놀 수가 없어, 아니, 절대로! 이 세상의 부를 모두 준다 해도 난 그녀의 땋은 머리를 망가뜨리거나 헝클어뜨리지 못했을 것이다. 그리고 하느님께 내 영혼을 걸고 말하지만, 내 목숨이 달려 있어도 저 소중한 예쁜 구두를 벗겨 놓지 않았을 것이다! 장난으로 소녀의 허리를 재어 보는 저 대담한 아이들처럼 난 그렇게 하지 못했을 것이다. 그렇게 했다간 벌을 받아 그녀의 허리를 감은 내 팔이 굽어 다시는 똑바로 펼 수 없을 것이라는 생각이 들었다. 그렇지만 솔직히 말하자면, 나는 그녀의 입술을 만져 보고 싶었고, 그녀에게 뭔가를 물어봐서 그녀의 입술을 열게 하고 싶었고, 그녀의 내리뜬 눈의 속눈썹을 바라봤을 때 그녀가 얼굴을 붉히지 않았으면 했고, 그녀의 곱슬머리를 흘러내리게 만들어 1인치라도 얻어 간다면 그 머리카락은 값을 매길 수 없을 만큼 고귀한 기념품이 될 것이었다. 간단히 나의 마음을 고백하자면, 나는 아이가 가지는 가장 가벼운 특권을 가지면서 그것의 가치를 충분히 잘 알고 있는 어른이 되고 싶었던 것이다.

그러나 이제 문에서 노크 소리가 들렸고, 아이들이 즉시 문 쪽으로 우르르 달려가는 바람에 소녀는 옷이 흩뜨려진 모

세 유령 중 첫 번째

습과 웃는 얼굴 그대로 의기양양하고 떠들썩한 아이들 한가운데로 떠밀려졌다. 크리스마스 장난감과 선물을 가득 든 한 남자와 함께 집으로 온 그녀의 아버지를 맞이하기 위해서였다. 이윽고 그들은 소리치고 기를 쓰며 무방비 상태의 짐꾼에게 무자비하게 공격을 가했다. 의자를 사다리 삼고 그에게 기어올라 그의 호주머니를 뒤져 누런 종이로 싼 꾸러미를 빼앗고, 넥타이를 잡아당기고, 목에 매달리고, 등을 주먹으로 마구 치고, 주체할 수 없는 기쁨에 겨워 두 다리를 걷어차고 있었다. 선물 보따리가 하나하나 풀어질 때마다 놀라움과 기쁨의 환호성이 터져 나왔다. 아기가 장난감 프라이팬을 입속에 집어넣다가 들켰고, 나무 접시에 풀로 붙여 놓은 가짜 칠면조를 분명히 삼켰다고 하는 끔찍한 소리도 나돌았다. 이것이 허풍임이 밝혀져 모두들 안도의 숨을 쉬었다. 환희, 감사, 희열! 이 즐거운 감정은 뭐라 말할 수 없을 만큼 아이들에게 모두 비슷했다. 그 감정들은 아이들과 함께 점차 응접실을 빠져나와 한 번에 한 계단씩 집의 꼭대기 방까지 올라가, 아이들이 침대에 들었을 때 비로소 잠잠해졌다고만 말해 두자.

그리고 이제 그 집주인은 딸과 부인과 함께 난롯가에 앉아 있었고 그들은 그에게 다정하게 몸을 기대고 있었다. 스크루지는 보다 더 주의 깊게 바라보았다. 그는 저 딸처럼 우아하고 장래가 밝은 또 다른 존재가 자기를 아빠라 불러 주었으면, 메마르고 차가운 겨울 같은 자기 인생에 봄을 가져다주었을 것이라고 생각하니 눈물이 주르륵 흘러내렸다.

"벨," 남편이 아내에게 고개를 돌려 미소 지으며 말했다. "오늘 오후에 당신의 옛 친구를 봤어."

"누구신데요?"

"알아맞혀 봐!"

"제가 어떻게 알겠어요? 내 참, 알겠어요." 남편이 웃자 아내도 따라 웃으며 말했다. "스크루지 씨군요."

"맞아, 스크루지 씨야. 내가 그의 사무실 옆을 지나가는데 창문이 닫혀 있지 않았고 안에 촛불이 하나 켜져 있었어, 그를 볼 수밖에 없었지. 그의 동업자는 지금 사경을 헤매고 있다고 들었어. 그는 그곳에 혼자 앉아 있었어. 마치 이 세상에 혼자 남겨진 사람처럼. 진짜 그랬어."

"유령님!" 스크루지가 낙담한 목소리로 말했다. "나를 이곳에서 벗어나게 해주시오."

"이것은 과거에 있었던 사실의 그림자라고 말했잖아요." 유령이 말했다. "있었던 그대로의 일이에요. 나를 탓하지 마세요!"

"나를 다른 곳으로 데려다주시오!" 스크루지가 소리를 질

세 유령 중 첫 번째

렸다. "참을 수 없소!"

스크루지는 유령 쪽으로 고개를 돌렸고, 유령도 그를 내려다보고 있었다. 여태껏 그에게 보여 주었던 모든 얼굴의 파편들이 묘하게도 유령의 얼굴에 들러붙어 있는 것을 알고 스크루지는 유령에게 대들듯이 소리를 질렀다.

"나에게서 떠나란 말이야! 원래 자리로 데려다 놔! 이제 더 이상 날 쫓아다니지 말라고!"

이것을 싸움이라 부를 수 있다면, 싸우는 과정에서 유령은 눈에 보일 만한 아무런 대응도 하지 않았고, 적수가 아무리 대들어도 동요하지 않았다. 스크루지는 유령의 빛이 높고 밝게 빛나고 있는 것을 유심히 보았다. 그러고선 그 빛이 자기에게 미치는 영향력과 연관성이 있을지도 모른다는 생각에, 소등용 모자를 잡아채 눈 깜박할 사이에 그것을 유령의 머리 위에 덮어씌워 버렸다.

유령은 모자 밑에 주저앉았고, 소등용 모자는 유령의 온몸을 감싸고 있었다. 하지만 스크루지가 온 힘을 다해 모자를 눌렀지만, 빛을 가릴 수 없었다. 모자 밑에서 새어 나오는 그 빛은 걷잡을 수 없는 홍수가 되어 바닥으로 퍼졌다.

스크루지는 몸이 녹초가 되어 참을 수 없는 나른함에 굴복했고, 게다가 자신의 침실에 와 있는 것을 느꼈다. 그는 헤어

크리스마스 캐럴

지는 인사를 겸해서 손으로 유령의 모자를 비틀었다가 놓았
다. 그는 비틀거리며 침대 속으로 들어가자마자 깊은 잠에 빠
졌다.

세 유령 중 첫 번째

3절

세 유령 중 두 번째

스크루지는 심하게 코를 골며 자다가 깨어나 침대에 앉아 생각을 정리해 보았다. 종이 다시 새벽 1시를 알리는 것을 들을 필요가 없었다. 그는 제이콥 말리의 주선으로 그에게 보내진 두 번째 유령과의 특별한 만남을 위해, 자신이 정확히 알맞은 시간에 정신이 되돌아왔음을 느꼈다. 하지만 그는 새 유령이 커튼의 어느 쪽을 잡아당길지를 생각하니 온몸에 소름이 돋았다. 그는 자기 손으로 커튼을 옆으로 젖혀 놓고 다시 침대에 누워 주위를 날카롭게 노려보고 있었다. 유령이 나타나는 순간 그가 먼저 알아보게 되면 기습을 당해 깜짝 놀랄 일이 없을 것이기 때문이었다.

한두 가지 수단에 정통하다고 대체로 정세를 감당해 낼 수 있다고 우쭐대는 자유분방한 신사들은, 동전 던지기 놀이에서부터 살인에 이르기까지 무엇이든 잘한다고 말함으로써 그들이 얼마나 폭넓게 모험하는지를 과시한다. 분명히 이 양극단적인 두 모험 사이에는 상당히 넓고도 함축적인 항목들이 놓여 있다. 스크루지는 그 정도로 배짱 있게 모험을 할 사람은 아니다. 하지만 온갖 종류의 괴상한 모습들이 출몰한다 해도 각오가 되어 있는 사람으로서, 어린 아기에서부터 코뿔소에 이르기까지 그 어떤 것이 출몰해도 크게 놀라지 않을 사람이라는 걸 여러분이 믿어도 좋고, 안 믿어도 좋다.

이제 스크루지는 무엇이 나타나더라도 맞설 준비가 되어 있었지만, 아무것도 보이지 않는 경우까지 대비한 것은 아니었다. 그래서 종이 1시를 알리고 아무것도 나타나지 않자 그는 격렬한 발작으로 몸을 부들부들 떨기 시작했다. 5분, 10분, 15분이 지났지만 아무것도 나타나지 않았다. 그러는 동안 그는 내내 침대에 누워 있었는데, 시계가 1시를 알리는 순간부터 한가운데가 빨갛게 타오르는 붉은 광채가 침대 위로 흘러들어왔다. 물론 그것은 한 줄기 빛에 불과했지만, 저 불빛이 무엇을 뜻하며 또 무엇을 목적으로 하고 있는지 도무지 알 길이 없어 그로선 열두 명의 유령이 출몰한 것보다 더 무서웠다.

83

세 유령 중 두 번째

바로 그 순간, 그는 이유도 모른 채 자신이 인체 자연발화*라는 흥미로운 경우에 해당될지도 모른다는 걱정에 사로잡히기도 했다. 하지만 마침내 그는 생각을 하기 시작했다―독자들이나 내가 애초에 그렇게 생각했듯이, 곤경에 어떻게 대처해야 하며, 또 분명히 그 대처대로 행동에 옮길 줄 아는 사람은 언제나 곤경에 처하지 않는 법이기 때문이다―. 마침내, 말하자면, 스크루지는 이 기괴한 빛의 출처와 비밀이 옆방에 있을지도 모른다는 생각이 들기 시작했다. 좀더 추적해 보니 바로 그곳에서 빛이 발산되는 것 같았다. 이런 생각에 완전히 사로잡혀 그는 조용히 일어나서 실내화를 끌며 문으로 갔다.

스크루지의 손이 자물쇠에 닿은 순간, 괴상한 목소리가 그의 이름을 부르며 안으로 들어오라고 명령했다. 그는 하라는 대로 따랐다.

그곳은 그의 집의 작은 방이었다. 의심의 여지가 없었다. 그러나 놀랄 만큼 바뀌어져 있었다. 벽과 천장에 살아 있는 녹색 식물들이 주렁주렁 매달려 있어, 완벽한 숲속처럼 보였다. 그리고 여기저기에 열매들이 반짝거리고 있었다. 호랑가시나무, 겨우살이, 담쟁이덩굴의 싱싱한 잎들이 빛을 반사하고 있

* 평범한 상태의 인체가 외부 발화 원인 없이 스스로 불에 타 재가 되어 버리는 현상. 19세기 영국에 널리 퍼져 있던 미신이었다.

크리스마스 캐럴

었는데, 마치 수많은 작은 거울들이 거기에 흩어져 있는 것 같았다. 그리고 칙칙한 화석 같은 벽난로에는 스크루지 시절이나 말리가 살아 있었을 때나, 혹은 수없이 많은 지난 겨울 동안 결코 본 적이 없는 그런 불길이 활활 타올라 굴뚝으로 솟구쳐 올라가고 있었다. 칠면조 고기, 거위 고기, 날짐승 고기, 닭고기, 돼지 편육, 통째로 구운 새끼 돼지, 화환처럼 길게 엮어 놓은 소시지, 민스파이, 자두 푸딩, 굴 통조림, 군밤, 체리 색깔의 사과, 즙이 많은 오렌지, 달콤한 배, 엄청나게 큰 주현절* 케이크가 바닥에 수북이 쌓여 있었고 끓고 있는 펀치** 사발에서 달콤한 김이 나와 방 안에 서려 있었다. 긴 의자에는 유쾌해 보이는 거인이 편안하게 앉아 있었는데, 보기에도 장엄한 광경이었다. 그는 풍요의 뿔***과 비슷한 모양의 타오르는 횃불을 잡아 위로 쳐들고 있었는데, 스크루지가 문 쪽으로 살금살금 들어갔을 때 그를 비춰 주고 있었다.

"들어오시오!" 유령이 소리쳤다. "들어와서 나를 더 잘 보시오."

---

* 주현절은 그리스도가 동방의 세 박사에게 나타난 날로서, 탄생 후 12일째 되는 1월 6일을 가리킨다. 주현절 전야는 전통적으로 크리스마스 경축 기간의 끝을 나타낸다.

** 물, 과일즙, 설탕, 포도주 등 다섯 가지 이상을 혼합한 알코올성 음료.

*** 그리스신화에 나오는 대지와 수확의 여신인 데메테르가 왼손에 들고 있는 산양의 구부러진 뿔을 가리킨다. 그 안에 꽃과 과일들이 넘칠 듯이 담겨 있다. 오늘날에는 주로 풍요로운 것에 대한 은유로 사용된다.

세 유령 중 두 번째

스크루지는 겁에 질려 들어와 유령 앞에 머리를 숙였다. 그는 예전의 지독한 스크루지가 아니어서 유령의 눈은 맑고 친절했지만, 그는 그 눈과 마주치고 싶지 않았다.

"난 현재의 크리스마스 유령이오." 유령이 말했다. "나를 쳐다보시오."

스크루지는 공손하게 하라는 대로 했다. 유령은 하얀 털로 단을 두른 단순해 보이는 녹색 가운 혹은 망토 같은 것을 입고 있었다. 그 옷은 유령의 몸에 느슨하게 걸쳐져 있어 마치 어떤 인위적인 것으로 보호하거나 숨기는 것을 경멸이라도 하는 것처럼 널찍한 가슴이 그대로 드러나 보였다. 그리고 펑퍼짐한 옷 주름 밑으로 보이는 그의 발 또한 맨발이었다. 머리 위에는 여기저기에 반짝이는 고드름이 달려 있는 호랑가시나무 화관 외에는 아무것도 쓰고 있지 않았다. 짙은 갈색 곱슬머리는 길고 아무렇게나 자라 있었고 상냥한 얼굴, 반짝이는 눈, 벌린 손바닥, 쾌활한 목소리, 격의 없는 태도, 즐거운 분위기도 자유로워 보였다. 허리에 찬 고풍스러운 칼집에는 칼은 들어 있지 않고 녹만 슬어 있었다.

"나 같은 유령은 전에 한 번도 본 적이 없었군요!" 유령이 외쳤다.

"본 적이 없었소." 스크루지가 대답했다.

크리스마스 캐럴

"우리 집안의 젊은 식구들하고 걸어 본 적이 없어요? 그러니까 (내가 아주 젊기 때문에) 요즘 태어난 형들하고요." 유령이 계속 물었다.

"그런 일은 없는 것 같소." 스크루지가 말했다. "유감이지만 그런 적이 없소. 형제들이 많은가 보죠, 유령님?"

"1천 800명도 넘지요." 유령이 대답했다.

"먹여 살릴 식구가 엄청나군." 스크루지가 중얼거렸다.

현재의 크리스마스 유령은 일어섰다.

"유령님," 스크루지가 공손하게 말했다. "데려가고 싶은 어디에라도 나를 데려가 주시오. 어젯밤에는 강제로 끌려다니면서, 교훈 하나를 배웠는데 이제 효과가 나고 있어요. 오늘 밤에도 나한테 가르쳐 줄 게 있다면, 내게 도움이 되도록 해주시오."

"내 옷을 잡으시오!"

스크루지는 유령이 시키는 대로 옷을 꽉 움켜잡았다.

호랑가시나무, 겨우살이, 붉은 열매들, 담쟁이덩굴, 칠면조 고기, 거위 고기, 날짐승 고기, 닭고기, 돼지 편육, 쇠고기, 돼지고기, 소시지, 파이, 푸딩, 과일, 펀치, 이 모든 것들이 순식간에 사라져 버렸다. 방도, 벽난로도, 붉은 광채도, 밤 시간도 마찬가지였다. 이 둘은 크리스마스 아침 시내 길거리에 서 있

세 유령 중 두 번째

었다. 그곳에는 (날씨가 지독했기 때문에) 사람들이 그들 집 앞 도로와 지붕에서 눈을 치우며, 거칠지만 활기차고 유쾌한 화음을 만들어 내고 있었고, 아이들은 지붕 꼭대기에서 눈이 길 아래로 털썩 떨어져 작은 눈보라가 이는 것을 보고 굉장히 즐거워했다.

지붕 위에 덮인 부드러운 하얀 눈과 바닥에 쌓인 더러워진 눈에 비해, 집 정면은 어두워 보였고 창문들은 더 칙칙해 보였다. 쌓인 눈 위로는 수레와 짐마차의 무거운 바퀴에 의해 마치 쟁기로 갈아 놓은 듯 밭고랑 같은 깊은 자국이 나 있었다. 그 자국은 큰길이 갈라져 나가는 곳에서 수백 번이나 서로 얽히고 얽혀 미로 같은 도랑으로 변했고 두꺼운 황갈색 진흙과 얼음물 속에서 서로 분별하기가 어려웠다. 하늘은 어두컴컴했으며 가까운 길들도 반쯤 얼어 버린 우중충한 안개로 질식할 것 같았다. 그중 좀더 무거운 안개 입자들이 수많은 검댕 속으로 떨어졌다. 그 광경은 마치 영국 전역의 모든 굴뚝들이 약속이나 한 듯, 죄다 불을 지피고 마음껏 불길을 내뿜어 재를 토해 내고 있는 것 같았다.* 이런 기후나 이런 도시에 즐

---

* 이 소설에는 산업화로 인한 런던의 환경오염에 대한 비판적 묘사가 자주 등장한다. 산업혁명의 여파로 인구가 폭발적으로 늘어난 런던은 가정과 공장에서 뿜어져 나오는 석탄 검댕과 안개가 결합하여 하늘이 누렇고 우중충한 경우가 많았다.

거워할 일은 없었지만, 그곳에는 가장 맑은 여름 공기와 가장 밝게 빛나는 여름 태양이 아무리 퍼뜨려 놓으려 해도 할 수 없는 즐거운 분위기가 사방에 퍼져 있었다.

지붕에서 삽으로 눈을 퍼내는 사람들은 쾌활하고 기쁨이 넘쳐흘렀다. 난간에서 서로를 부르며 이따금씩 장난삼아 눈뭉치를 서로 던지면서—말로 하는 수많은 농담보다 훨씬 더 온화한 무기였다— 상대를 맞히면 배꼽을 잡고 웃었고 못 맞혀도 똑같이 폭소를 터뜨렸다. 가금류 고기 상점들은 아직 문이 반쯤 열려 있었고, 과일 상점은 영광스럽게 밝게 빛나고 있었다. 유쾌한 노신사의 조끼처럼 생긴, 알밤을 담아 놓은 크고 둥글고 배가 볼록한 바구니가 문 옆에 기대어 있었는데, 너무 많이 담겨 있어 마치 뇌졸중에라도 걸려 길가로 굴러떨어질 것만 같아 보였다. 불그스레한 갈색 바탕에 넓게 줄이 쳐진 스페인 양파도 있었는데, 스페인 수도사들처럼 살이 쪄 번들거렸다. 소녀들이 옆을 지나가자 선반에 놓인 양파들은 장난기 어린 음탕한 눈빛으로 윙크를 던지기도 하고, 높이 매달린 겨우살이나무*를 못 본 체하며 곁눈질로 쳐다보고 있었다. 배와 사과도 늠름한 피라미드처럼 높이 쌓여 있었다. 포

* 크리스마스에 겨우살이 밑에서 남녀가 입맞춤을 하면 사랑이 이루어진다는 말이 있다.

세 유령 중 두 번째

도송이는 상점 주인의 배려 덕분에 사람들의 눈에 잘 띄는 갈고리에 매달려 지나가는 행인들이 공짜로 침이나마 흘리게 해주었다. 이끼 낀 갈색의 개암나무 열매도 높이 쌓여 있었다. 개암열매에서 풍기는 향기는 숲속을 산책하면서 시든 낙엽 사이로 푹푹 빠지는 발을 끌며 즐겁게 거닐던 추억을 생각나게 해주었다. 땅딸막하고 거무스름한 노픽산 사과*도 있었는데, 그 색깔 때문에 오렌지와 레몬의 노란색은 더 선명하게 드러났다. 즙이 많고 육질이 단단해 보이는 그 사과는 빨리 종이 봉지에 담아 집에 가져가서 저녁 식사 후에 먹어 보라고 애원하는 것처럼 보였다. 이들의 최고급 과일 사이에 금빛 붕어와 은빛 붕어를 담아 놓은 어항이 진열되어 있었다. 붕어들은 우둔하고 활기 없는 혈통의 족속들이지만, 특별한 일이 일어날 걸 알기라도 하는 듯, 침착하고도 느릿느릿하게 입을 뻐끔거리며 그들의 작은 세상 속을 빙글빙글 돌고 있었다.

식료품 상점! 오, 식료품 상점이다! 어쩌면 두 개, 아니 한 개의 덧문만이 열려 있을 뿐, 거의 닫혀 있었다. 하지만 덧문 틈새로 상점 안의 광경이 보였다. 카운터에서는 물건의 힘에 눌린 저울이 즐거운 비명을 질렀고, 노끈이 타래에서 힘차게

* 잉글랜드 동부 노픽(Norfolk)지방에서 잘 자라는 검붉은 빛의 요리용 사과. 구워 으깨서 케이크 등에 넣어 먹는다. 디킨스는 이 과일 간식을 좋아했다고 한다.

크리스마스 캐럴

끊겨 나갔고, 음식 보관 양철통들이 요술을 부리듯 이리저리 굴러다녔고, 차와 커피가 뒤섞인 향기가 코를 즐겁게 했고, 진귀한 건포도가 넘쳐났고, 아몬드 조각은 더할 수 없이 하얗고, 계피는 길고 곧았고, 그 밖의 향신료에서도 감미로운 향기를 풍겼다. 녹인 설탕을 얼룩덜룩 입혀 놓은 설탕 조림 과일도 있었는데, 가장 냉정한 구경꾼이라도 그걸 보면 정신이 어질어질해져 현기증을 느낄 것이다. 무화과는 촉촉하게 잘 익었고, 프랑스 자두는 화려하게 장식된 상자에서 제법 신맛을 띠며 얼굴을 붉히고 있었다. 모든 것이 맛있어 보였고, 모든 것이 크리스마스에 어울리게 진열되어 있었다. 손님들도 크리스마스의 희망찬 약속으로 기대에 부풀어 바삐 움직이다가, 문가에서 서로 부딪치는 바람에 고리버들 바구니가 심하게 찌그러지기도 하고 구입한 물건을 카운터 위에 올려놓고 잊고 있다가 다시 가지러 가는 등 수많은 비슷한 실수가 이어졌다. 그런데도 분위기는 더할 나위 없이 훈훈했다. 한편 가게주인과 점원들은 얼마나 솔직하고 유쾌한 기분으로 일하고 있는지, 그들의 앞치마 뒤를 묶어 주는 반짝거리는 하트 모양의 단추는 사람들에게 보여 주려고, 그리고 갈까마귀들이 그렇게 하고 싶다면 쪼아 보라고, 일부러 몸 밖으로 드러낸 그들의 진짜 심장처럼 보였다.

세 유령 중 두 번째

그러나 곧이어 교회 첨탑들이 선한 사람들을 모두 교회와 예배당으로 부르는 종을 치자, 그들은 옷을 잘 차려입고 가장 즐거운 표정을 지으며 무리를 지어 거리로 나와 교회로 향했다. 그리고 동시에 많은 옆길과 뒷길 그리고 이름 없는 길모퉁이에서 많은 사람들이 저녁 음식을 들고 빵집으로 가고 있었다.* 가난한 이들의 흥겨워하는 모습이 무척이나 유령의 흥미를 끈 것처럼 보였다. 스크루지와 함께 어느 빵집 문간에 서서 그들이 음식을 들고 지나갈 때 음식 위에 그의 횃불에서 나오는 향내를 뿌려 주었다. 이 횃불은 매우 특별한 횃불이었다. 음식을 든 사람들이 이리저리 밀치다가 서로 험한 말을 할 때 유령이 횃불로 물 몇 방울을 음식에 뿌려 주자, 이내 그들의 선한 마음으로 다시 돌아왔기 때문이다. 그들은 크리스마스 날에 다투는 것은 수치스러운 일이라고 말했다. 사실이었다. 하나님이 사랑하시니, 정말 그랬다.

시간이 흘러 종소리가 그치고 빵집도 문을 닫았지만, 빵집 오븐마다 녹은 음식이 말라붙은 자국 위에 온갖 저녁 음식들과 조리 과정의 훈훈한 모습이 깃들어 있었다. 화덕 안에 깔린 자갈도 구워 요리된 것처럼 김이 모락모락 솟아 올라오고

* 당시 일반 가정에는 조리용 오븐이 없어 빵집에 가서 음식을 익혀 오곤 했다.

크리스마스 캐럴

있었다.

"유령님의 횃불에서 무엇을 뿌리기에 독특한 향기가 나죠?" 스크루지가 물었다.

"있지. 오직 나만이 가지고 있는 것."

"오늘 같은 저녁 식사에는 모두 어울리는 맛인가요?" 스크루지가 물었다.

"친절한 마음으로 만든 음식에는. 특히 가난한 사람들이 만든 음식에는 잘 맞지요."

"왜 가난한 사람들의 음식에 가장 잘 맞는다는 말인가요?" 스크루지가 물었다.

"가난한 사람들의 음식에 꼭 필요하니까."

"유령님," 잠시 생각을 한 뒤 스크루지가 말했다. "우리 주변의 넓은 세상에 있는 많고 많은 존재들 중, 하필 유령님이 저 사람들의 소박한 즐거움의 기회를 방해하려고 하다니 도무지 이해가 되지 않는군요."

"내가!" 유령이 소리쳤다.

"유령님은 매주 일요일마다 잘 먹을 기회를 빼앗아 버리네요. 이날은 그들이 무엇을 좀 먹었다고 할 수 있는 유일한 날이 아닙니까." 스크루지가 말했다. "안 그래요?"

"내가!" 유령이 소리쳤다.

세 유령 중 두 번째

"당신은 안식일에 이런 빵집들을 문 닫게 하지요." 스크루지가 말했다. "그게 결국 같은 결과가 아니오."

"내가 그런다고!" 유령이 소리를 질렀다.

"내 말이 틀렸다면 용서하시오. 안식일에 가게 문을 닫는 것은 다 당신 이름으로 해온 것이오. 아니면 적어도 당신네들 유령 가족의 이름으로 말이오." 스크루지가 말했다.

"당신네들 인간 세계에는," 유령이 대꾸했다. "우리 같은 유령을 알고 있다고 떠벌리며 우리 유령의 이름으로 열정, 자만심, 악의, 증오, 시기, 편협성 같은 것들을 자행하는 자들이 있어. 그런데 그런 자들은 우리와는 아무 상관도 없는 자들이고 우리의 먼 일가친척도 아니란 말이오, 태어나지도 않았던 것처럼. 그걸 기억하시오. 그들이 한 짓에 대해선 그들에게 따지고 우리한테 이러쿵저러쿵하지 말란 말이오."

스크루지는 그렇게 하겠다고 약속했다. 그리고 둘은 사람들 눈에는 보이지 않게 조금 전처럼 교외 지역으로 들어갔다. 유령의 놀랄 만한 특질은(스크루지가 이미 빵집에서 목격했듯이) 그의 거대한 몸집에도 불구하고 어떤 장소이건 거기에 쉽게 몸을 맞출 수 있다는 점이다. 유령은 천장이 높은 홀에서와 마찬가지로 낮은 지붕 아래에서도 초자연적인 존재처럼 아주 기품 있게 서 있을 수 있었다.

그리고 아마 이 착한 유령이 스크루지를 그의 서기 집으로 곧장 데리고 간 것은 그의 이러한 능력을 기쁘게 과시하려는 것이거나, 아니면 그의 친절하고 관대하고 따뜻한 심성과 모든 가난한 사람에 대한 동정심 때문이었을 것이다. 자기 옷에 매달려 있는 스크루지를 데리고 유령은 서기 집으로 날아가 문지방에서 빙그레 웃더니, 잠시 멈추어 서서 봅 크래칫의 집 위에 그의 횃불의 빛을 뿌려 축복해 주었다. 이 점을 생각해 보라. 봅은 일주일에 고작 15봅*밖에 받지 못한다. 그는 토요일마다 그의 이름과 발음이 같은 지폐 열다섯 장을 주머니에 넣는다. 그럼에도 현재의 크리스마스 유령은 방 네 개짜리 그의 집을 축복해 주었다.

그때 크래칫 부인이 일어섰는데, 두 번씩이나 뒤집어 고쳐 입은 초라한 가운을 입고 있었지만, 6펜스짜리치고는 제법 근사해 보이는 리본을 달고 있었다. 그녀는 저녁상을 차리고 있었고, 역시 멋진 리본을 단 둘째 딸 벨린다 크래칫이 엄마를 도와주고 있었다. 그러는 사이 큰아들 피터 크래칫은 냄비 안에 든 감자를 포크로 찔러 보았다. 그는 엄청나게 큰 셔츠(봅의 사유재산이었으나 오늘을 축복하기 위해 아들이자 상속

* bob : 실링(shilling)을 가리키는 구어.

세 유령 중 두 번째

자에게 물려준 것이다)의 깃 양쪽 끝이 입을 찔러 댔지만, 이렇게 말쑥하게 차려입은 것이 기뻐서 상류층이 애용하는 공원에 가서 옷을 자랑하고 싶은 마음이 간절했다.* 피터의 동생인 남자아이와 여자아이 크래칫이 쏜살같이 집으로 뛰어 들어와서는, 빵집 앞에서 맡은 거위 요리 냄새가 그들의 집에서 나는 냄새인 걸 알고 기뻐서 소리를 질렀다. 샐비어 잎과 양파를 넣은 고기 요리를 기분 좋게 생각하고 있는 어린 크래칫 남매는 식탁 주위를 춤추며 돌아다녔다. 그리고 피터 크래칫을 한껏 치켜세웠다. 그럼에도 피터는(깃 때문에 거의 숨이 막히긴 했지만 우쭐해하진 않았다) 더디게 익는 감자가 보글보글 끓으면서, 자길 끄집어내 어서 껍질을 벗겨 달라고 냄비 뚜껑을 요란하게 두들길 때까지 화덕의 불을 입으로 불고 있었다.

"너희들의 소중한 아버진 어떻게 되신 거니?" 크래칫 부인이 말했다. "그리고 동생 팀은, 그리고 마사도 작년 크리스마스 땐 30분 전에 와 있었는데."

"마사 여기 왔어요, 엄마." 이렇게 말하면서 한 소녀가 나타났다.

"마사 언니 왔어요, 엄마!" 어린 두 크래칫이 소리쳤다. "만

* 당시 상류층 사람들은 오후에 화려한 옷과 장신구를 착용하고 런던 하이드파크의 승마 도로인 로튼 거리를 말이나 마차를 타고 과시하듯 돌아다녔다.

크리스마스 캐럴

세! **정말로** 거위 고기가 있어, 마사 언니!"

"그래, 왔구나, 내 딸, 늦었구나!" 크래칫 부인이 딸에게 열두 번이나 키스를 하고 숄과 보닛을 정성껏 벗겨 주며 말했다.

"어젯밤까지 끝마칠 일이 많았어요." 소녀가 대답했다. "그리고 오늘 아침에는 청소를 해야 했고요, 엄마."

"그래, 왔으니 됐구나." 크래칫 부인이 말했다. "얘야, 난로 앞에 앉아 몸 좀 녹여, 복 많이 받으렴, 우리 딸."

"안 돼, 안 돼요. 아빠가 오고 계세요." 언제 어디서나 붙어 다니는 어린 두 명의 크래칫이 소리쳤다. "숨어, 마사 언니, 숨어!"

그래서 마사는 숨었고 몸집이 왜소한 아버지 봅은 술 장식을 빼고도 목도리를 적어도 1미터쯤 앞으로 내려뜨리고 집 안으로 들어왔다. 낡아서 올이 다 드러난 그의 겉옷은 그래도 때가 크리스마스인지라 잘 꿰매고 솔질이 되어 있었다. 그는 꼬마 팀을 어깨 위에 태우고 들어왔다. 가엾게도 팀은 작은 목발을 쥐고 있었고 그의 두 다리에는 보철기가 끼워져 있었다.

"아빠 왔다, 그런데 마사는 어디 있지?" 봅 크래칫이 주위를 둘러보며 소리쳤다.

"아직 오지 않았어요." 크래칫 부인이 대답했다.

97

"아직 안 왔다고!" 들뜬 기분이 갑자기 가라앉은 듯이 봅이 말했다. 그는 아들의 말 역할을 하며 교회에서 집까지 줄곧 와서, 기분이 고조되어 있었다.

"크리스마스 날인데 오지 않았다고?"

마사는 장난이긴 하지만 아빠를 실망시켜 드리고 싶지 않아서 서둘러 옷장 문 뒤에서 뛰쳐나와 아빠의 품에 안겼다. 그러는 동안 두 명의 어린 크래칫은 꼬마 팀을 아빠한테서 끄집어내 구리 솥에서 푸딩이 끓고 있는 소리를 들려주기 위해 세탁실*로 데려갔다.

"그래 어린 팀은 어땠어요?" 크래칫 부인은 봅이 속아 넘어간 것을 놀리고선, 그가 딸을 마음껏 안아 주고 있을 때 물었다.

"좋았지," 봅이 말했다. "아니 최고였어. 혼자 앉아 생각을 하더니 들어 보지도 못한 엉뚱한 생각을 했지 뭐요. 집으로 오면서 나에게 교회에서 사람들이 자기를 보았으면 좋겠다고 했소. 자기는 절름발이니까 자기를 보면 사람들이 크리스마스 날에 절름발이 거지들을 걷게 해주고 앞 못 보는 사람들의

---

* 가난한 사람들이 거주하는 건물에 설치된 공동으로 사용하는 세탁 공간. 크래칫 가족과 같은 가난한 사람들은 주방에 오븐이 설치되어 있지 않기 때문에 크리스마스와 같은 특별한 날에는 세탁실에 있는 솥을 이용해 음식을 만들어 먹는다.

크리스마스 캐럴

눈을 뜨게 해준 그분을 기억하며 기분이 유쾌해질 거라는 거
요."

밥은 떨리는 목소리로 이야기했다. 그리고 꼬마 팀이 튼튼
하고 착하게 자라고 있다고 말할 때 그의 목소리는 더욱 떨렸
다.

팀의 활달한 작은 목발이 바닥에 닿는 소리가 들렸다. 아
빠가 다른 이야기를 하려고 했을 때 팀은 형과 누나의 도움
을 받아 불 앞 그의 자리로 돌아왔다. 그리고 밥은 소매를 걷
고—가련한 친구여, 이보다 더 초라한 소매가 어디 있겠는
가— 진과 레몬을 넣고 항아리 속의 뜨거운 혼합물을 빙글빙
글 여러 번 휘젓고 난 뒤, 계속 데우기 위해 항아리를 난로 옆
에 붙은 선반 위에 올려놓았다. 무슨 일에도 빠지지 않는 두
어린 크래칫은 피터와 함께 거위 요리를 들고 행렬을 지어 활
기차게 돌아왔다.

이 가정에서 한바탕 난리법석을 떠는 것을 보면 독자들은
거위가 이 세상에서 가장 귀한 새*라도 되는 것처럼 생각할지
도 모르겠다. 마치 깃털 달린 거대한 검은 백조 고기라도 된
것처럼. 사실 거위 고기는 이 집에서 그런 대우를 받았다. 크

---

* 고대 로마의 시인 유베날리스의 『풍자 시집(Saturae)』에 있는 "검은 백조는 가장 진귀한
  새다"라는 표현에서 따왔다.

세 유령 중 두 번째

래칫 부인은 고기 국물(작은 냄비에 미리 준비해 놓은)을 펄펄 끓였고, 피터는 믿기지 않을 정도로 기운차게 감자를 으깼고, 벨린다는 사과 소스에 단맛을 내고 있었고, 마사는 뜨겁게 데운 접시의 먼지를 닦고 있었고, 봅은 자기 옆 식탁의 작은 모서리에 꼬마 팀을 앉혔다. 두 명의 어린 크래칫은 물론 자기 것들도 빠트리지 않고 모두가 앉을 의자를 갖다 놓은 뒤, 각자 자기 위치에서 보초를 서면서 차례대로 고기를 받기도 전에 거위 고기를 달라고 소리칠까 봐 숟가락을 입에 붙이고 있었다. 드디어 요리 접시가 식탁 위에 차려졌고 식전 기도가 올려졌다. 이어서 크래칫 부인이 고기 자르는 칼을 천천히 훑어보고 난 뒤 가슴살을 찌르려 할 때 숨 막히는 정적이 흘렀다. 드디어 거위의 가슴 부위를 찌르자 오랫동안 고대했던 거위 속의 국물이 밖으로 흘러내렸다. 식탁 주위에 환희의 소곤거림이 울려 퍼졌고, 두 명의 어린 크래칫에게 자극받아 꼬마 팀까지도 나이프 손잡이를 식탁에 두드리며 조그맣게 "만세!" 하고 소리를 질렀다.

이보다 더 훌륭한 거위 요리는 없었다. 봅도 이렇게 맛있는 거위 요리가 될 줄은 몰랐다고 말했다. 부드러운 육질, 향기, 크기, 저렴함은 모두가 감탄하고도 남았다. 고기 요리에다 사과 소스와 으깬 감자까지 더하니 온 식구의 저녁 식사로는 충

크리스마스 캐럴

분했다. 실제로 크래칫 부인이 (접시 위에 놓인 작은 뼛조각 하나를 살펴보며) 결국 온 식구가 거위 한 마리 다 먹지 못했노라고 기쁨에 겨워 말했을 정도였다. 하지만 모두는 배불리 먹었고, 특히 어린 두 크래칫은 샐비어와 양파에 눈썹을 적실 정도로 많이 먹었다. 이제 벨린다가 새 접시로 바꾸어 주었고, 크래칫 부인은 푸딩을 꺼내 가져오려고 혼자—마음이 너무 초조해 남에게 보이고 싶지 않았다— 방을 나갔다.

푸딩이 잘 익지 않았으면 어쩌지? 끄집어낼 때 망가지면 어쩌지? 아이들이 거위 요리와 즐거운 시간을 보내는 동안 누군가가 뒤뜰 담을 넘고 들어와 훔쳐 갔으면 어쩌지? 어린 두 크래칫은 이런 생각만 해도 얼굴이 파랗게 질릴 것이다. 온갖 끔찍한 생각이 다 들었다.

아! 김이 많이 나고 있구나! 구리 냄비에서 푸딩이 나왔다. 빨래 삶을 때 나는 냄새! 천 삶을 때 나는 냄새였다. 음식점과 과자점이 나란히 붙어 있고, 그 옆에 세탁소가 있는 그런 곳에서 나는 냄새 같았다. 그 냄새가 바로 푸딩 냄새였다. 30초 후에 크래칫 부인은—상기되었지만 자랑스러운 미소를 띠고— 푸딩을 들고 들어왔다. 푸딩은 포탄처럼 단단하고 딱딱했고 작은 반점 같은 것이 수놓아져 있었고, 크리스마스 호랑가시나무를 맨 위에 꽂아 장식해 놓았으며, 16분의 1파인트 정도

세 유령 중 두 번째

의 아주 작은 양의 브랜디를 부어 불이 타오르고 있었다.

오, 굉장한 푸딩이야! 봅 크래칫이 말한 뒤, 그들이 결혼한 이후로 아내가 만든 최고의 푸딩이라며 나직한 목소리로 덧붙였다. 크래칫 부인은 이제 마음의 짐을 벗어 버리고 밀가루 양이 적당했는지 꽤 걱정을 했었다고 고백했다. 모두가 이 푸딩에 대해 할 말은 있었지만 대가족이 먹기에 작다고 말하거나 그렇게 생각하는 사람은 아무도 없었다. 그렇게 했다간 완전히 배신자로 낙인찍힐 분위기였다. 크래칫 집안사람들은 그런 생각을 하는 자체만으로도 수치로 여겼을 것이다.

마침내 저녁 식사가 끝나고, 식탁보가 치워졌다. 난로를 청소하고 불을 피웠다. 주전자에 담긴 음료도 맛이 좋았는데 완벽하다는 평가를 받았다. 사과와 오렌지도 식탁 위에 놓여 있었고, 알밤도 한 접시 가득 불 위에 올려놓았다. 그러고는 크래칫 가족이 모두 난롯가에, 사실은 반원인데, 봅 크래칫의 말대로 하면 동그랗게 모여 앉았다. 봅 크래칫의 팔꿈치 옆에는 그 집에 있는 유리잔이 모두 진열되어 있었다. 고작 텀블러* 두 개와 손잡이가 없는 커스터드 컵** 한 개가 전부였다.

그렇지만 이 컵들은 황금 잔 못지않을 만큼 주전자에서 뜨

* 굽이나 손잡이가 없고 바닥이 편평한 큰 잔. 음료수를 마시는 데 사용된다.
** 커스터드나 푸딩 등을 담는 작은 그릇.

크리스마스 캐럴

거운 음료를 담아냈다. 봅은 기쁨에 넘친 표정으로 음료를 나눠 주었고 그러는 동안 불 위의 알밤이 탁탁 소리를 내며 터졌다. 그때 봅이 축배를 제의했다.

"애들아, 우리 모두에게 메리 크리스마스, 하나님의 축복이 있기를!"

온 가족이 합창했다.

"우리 모두에게 하나님의 축복이 있기를!" 꼬마 팀이 제일 마지막으로 말했다.

팀은 그의 아빠 곁에 바싹 붙어 그의 작은 의자에 앉아 있었다. 봅은 그의 작고 가냘픈 손을 잡고 있었다. 봅은 그 아이를 사랑해 곁에 두고 싶었고 누가 그 아이를 데려가기라도 할까 봐 걱정스러워하는 것처럼 보였다.

"유령님!" 전에는 한 번도 느껴보지 못한 관심을 보이며 스크루지가 말했다. "꼬마 팀이 살아날지 알려 주시오."

"빈자리가 하나 보이는군요." 유령이 대답했다. "저 보잘것없는 벽난로 구석에 주인 없는 목발 한 짝이 소중히 보관되어 있는 게 보이네요. 만약 저 그림자가 미래에도 변하지 않고 그대로 있다면 저 아이는 죽게 될 거요."

"안 돼요, 안 돼." 스크루지가 말했다. "오, 안 돼, 자비로운 유령님. 그 애가 오래 살 거라고 말해요."

세 유령 중 두 번째

"만일 이 그림자들이 미래에도 그대로 남아 있다면, 우리 유령들 중 누구도," 유령이 대답했다. "이곳에서 그 애를 발견하지 못할 거요. 그런데 문제라도 있나요? 그 애가 죽기로 되어 있다면, 죽는 편이 더 낫겠지요. 잉여 인구도 줄어들 테니까요."

스크루지는 자신이 했던 말을 유령이 인용하는 것을 듣고 고개를 숙이고 후회와 비통함에 사로잡혔다.

"인간아," 유령이 말했다. "당신 가슴속에 차가운 돌이 아니라 따듯한 인간미를 가지고 있다면, 잉여 인구가 뭔지, 또 그것이 어디에서 나온 건지 알기 전에 그따위 사악한 말은 그만둬. 누가 살고 누가 죽는 문제를 당신이 결정하려고 하는 거야? 하늘에서 바라볼 땐 이 가난한 집 아이 수백만 명보다 당신이 더 가치 없고 살 자격이 없을지 모르지. 오, 하나님! 나뭇잎에 붙은 벌레가 배고픈 자기 형제들을 보고 치욕스럽게 너무 오래 살아 있다고 선언하는 꼴을 듣다니!"

스크루지는 꾸짖는 유령 앞에서 고개를 숙이고 벌벌 떨면서 땅을 내려다보았다. 그러나 그의 이름을 부르는 소리를 듣자 재빨리 고개를 들었다.

"스크루지 씨!" 봅이 말했다. "만찬을 준비해 주신 스크루지 영감님을 위해 축배!"

104

크리스마스 캐럴

"만찬을 준비해 주신 분이라고요!" 크래칫 부인이 얼굴을 붉히며 소리쳤다. "그 사람이 여기 있기라도 했으면 좋겠어요. 욕이라도 대접해 드리려고요. 식욕이 좋은 사람이니 잘 받아 먹겠지요."

"여보," 봅이 말했다. "아이들 앞에서, 크리스마스 날에."

"그래요, 확실히 크리스마스 날이에요." 그녀가 말했다. "크리스마스 날에 스크루지 씨와 같은 그런 끔찍하고 인색하고 매정하고 감정이 메마른 인간의 건강을 위해 축배를 하지요. 그 사람이 어떤 인간인지 당신이 잘 알고 있잖아요, 로버트. 당신만큼 잘 알고 있는 사람도 없죠, 가엾은 당신."

"여보." 봅이 부드럽게 말했다. "오늘은 크리스마스요."

"당신과 크리스마스를 위해서라면 그 사람의 건강을 위해 축배를 들겠어요." 크래칫 부인이 말했다. "그 사람을 위해서가 아니에요. 오래 살기를! 즐거운 크리스마스와 행복한 새해를 위해! 분명히 그 사람도 즐겁고 행복할 거예요!"

아이들도 엄마를 따라 축배를 들었다. 하지만 이것은 오늘 밤 처음으로 그들의 마음이 담기지 않은 절차였다. 꼬마 팀도 마지막으로 축배를 했지만, 조금도 관심을 보이지 않았다. 스크루지는 이 가족한테는 무섭고도 잔인한 사람이었다. 그의 이름이 언급되자 어두운 그림자가 드리워졌고, 5분 동안이나

세 유령 중 두 번째

그들을 감싸고 있었다.

그림자가 사라지자, 그들은 스크루지라는 해로운 존재가 물러났다는 단순한 안도감에서 전보다 열 배는 더 즐거워졌다. 봅 크래칫은 아들 피터의 일자리 하나를 눈여겨 둔 것이 있는데, 그 일을 하게 되면 매주 5실링 6펜스는 거뜬히 벌 수 있을 거라는 이야기를 가족에게 했다. 두 명의 어린 크래칫은 피터가 사업가가 된다는 생각에 크게 웃음을 질러 댔고, 피터 자신도 이 엄청난 급료를 받게 되면 어디 특정한 곳에 투자를 해야 할지 깊이 생각에 잠긴 듯 셔츠 깃 사이로 난롯불을 골똘히 응시하고 있었다. 그리고 이제는 모자 공장에서 가난한 견습생으로 있는 마사가 이야기했다. 그녀는 자기가 해야 하는 일이 어떤 것이며 한 번에 몇 시간 동안이나 일을 해야 하는지를 이야기하면서 내일은 휴일이니 늦잠을 자고 집에서 푹 쉴 거라고 말했다. 그리고 며칠 전 백작 부인과 귀족을 보았는데 귀족의 키가 피터만큼 컸다고 말했다. 이 말을 듣고 피터가 셔츠의 깃을 얼마나 높이 치켜세웠던지 독자들이 그 자리에 있었더라면 그의 머리를 볼 수 없었을 것이다. 그러는 동안 계속해서 군밤과 주전자가 돌고 돌았고, 이어서 그들은 꼬마 팀이 눈에서 길을 잃은 한 아이에 관해 부르는 노래를 들었다. 애절하고 작은 목소리로 정말로 잘 불렀다.

크리스마스 캐럴

이 가정에서 크게 내세울 만한 것은 없었다. 그들은 풍족한 가족이 아니었다. 옷도 잘 입지 못했고, 게다가 몇 벌 되지도 않았고 신발도 물이 새어 들어왔다. 피터는 전당포 출입을 했을지도 모르며, 정확히 말해 그럴 가능성이 아주 높았다. 그러나 그들은 행복했고 서로를 고맙게 여기고 기쁜 마음으로 대하고 있으며, 크리스마스 날도 만족하며 보내고 있었다. 이들의 모습이 흐릿해졌을 때, 유령은 헤어지면서 횃불에서 밝은 불빛을 뿌려 주었고 이들은 더 행복해 보였다. 스크루지는 이들을 응시했으며, 특히 마지막까지 꼬마 팀을 내려다보았다.

이제 날은 어두워졌고, 꽤 많은 눈이 내리고 있었다. 스크루지와 유령은 거리를 따라 걸어가고 있었다. 부엌, 거실, 많은 방에서 활활 타오르고 있는 밝은 불빛이 굉장해 보였다. 이쪽에선 불길이 깜빡거리는 거로 봐서 난롯불 앞에 접시를 쌓아 놓고 따뜻하게 데우며 아늑한 저녁상을 준비하는 중이었고, 추위와 어둠이 들어오지 못하게 두꺼운 붉은색 커튼을 치려는 중이었으며, 저쪽에선 결혼한 누이, 형제, 사촌, 삼촌, 이모들을 맞이하기 위해 아이들이 모두 눈길로 달려가고 있었다. 다시 이쪽에선, 찾아온 손님들의 그림자가 블라인드 커튼에 비쳤고, 또 저쪽에선 잘생긴 소녀들이 모두 털모자를 쓰고 털 장화를 신고 재잘재잘대며 가벼운 걸음으로 이웃집으로 가고 있었다. 아! 집으로 몰려 들어가는 소녀들의 화려한 모습을 본 독신남들에게 그것은 큰 비애—앙큼한 마녀들이 그것을 모를 리 있나—였다.

그러나 즐거운 모임에 가기 위해 길을 나서는 사람이 어찌나 많은지, 모든 집들이 굴뚝 절반 높이까지 장작을 채워 넣고 불을 때며 손님을 기다리고 있는 것이 아니라, 그들이 도착해도 그들을 맞이할 사람이 집에 없을 거라는 생각이 들 정도였다. 유령은 이런 분위기에 축복을 빌며 얼마나 기뻐했던가. 유령은 넓은 가슴을 드러내고 큰 손바닥을 활짝 펴고 떠다니며 그 인자한 손이 닿은 모든 것에 밝고 탈 없는 기쁨을 뿌려주고 있었다. 가로등 점화원은 바삐 달리면서 어스름한 거리의 가로등 하나하나에 불을 밝히고 있었다. 그들은 어딘가 저녁 모임에 가려고 옷을 차려입고 있었는데 유령이 지나가자 큰 소리로 웃었다. 그들은 크리스마스 날인 것만 알뿐, 옆에 누군가가 있는 걸 알지 못했다.

그리고 이제 유령은 한 마디 경고도 없이 스크루지를 음산하고 황량한 들판으로 데려가 서 있었다. 그곳은 거인들의 무덤처럼 보이는 기괴하게 생긴 돌무더기가 여기저기에 흩어져 있었고, 물이 사방으로 흘러가고 있었다. 서리 때문에 물

크리스마스 캐럴

이 죄수처럼 가두어져 있지 않았더라면 정말로 그렇게 되었을 것이다. 이끼와 가시금작화와 무성하게 자라고 있는 거친 잡초를 제외하고 눈에 보이는 것은 아무것도 없었다. 서쪽 저 멀리에서 저물어 가는 태양이 불타는 듯한 한 줄기 빛을 던졌다. 그 빛은 적막한 들판을 시무룩한 눈으로 한순간 노려보더니 눈살을 찌푸리며 점점 낮게, 낮게, 낮게 내려가다가 마침내 칠흑 같은 밤의 짙은 어둠 속으로 사라졌다.

"여기가 어디요?" 스크루지가 물었다.

"광부들이 사는 곳이에요. 대지의 창자에서 일하고 있어요." 유령이 대답했다. "하지만 그들은 나를 알고 있지요. 보세요."

어느 오두막집의 창문에서 불빛이 비쳐 그들은 재빨리 그곳으로 갔다. 진흙과 돌로 된 벽을 뚫고 안으로 들어가 타오르는 난롯불 주변에 모여 있는 유쾌한 가족을 발견했다. 무척 나이 든 노부부와 그들의 자녀와 또 그들의 자녀의 자녀들, 그리고 그다음 세대까지 모두들 크리스마스 옷을 화려하게 차려입고 있었다. 할아버지는 자손들에게 크리스마스 캐럴을 불러 주고 있었는데, 황량한 들판에서 불어오는 으르렁거리는 바람 소리 때문에 겨우 들렸다. 이 노래는 스크루지가 소년 시절에 불렀던 아주 오래된 노래였다. 이따금 가족 모두가

세 유령 중 두 번째

합창으로 따라 불렀다. 자손들이 목소리를 높여 부르면 할아버지도 신이 나서 목소리를 높였고, 그들이 노래를 그치면 할아버지도 활기가 다시 떨어졌다.

유령은 이곳에서 지체하지 않고 스크루지에게 그의 옷자락을 잡으라고 말한 뒤 들판 위로 휙 날아갔다. 어디로 가는 거지? 바다는 아니겠지? 바다였다. 공포에 떨며 스크루지가 뒤를 돌아보니 무서운 바위투성이의 산맥이 늘어서 있는 육지의 끝자락이 보였다. 그는 천둥 같은 파도 소리에 귀가 먹먹해졌다. 넘실거리는 파도는 자신이 파 놓은 끔찍한 동굴 속으로 휘몰아치고 들어가 대지를 집어삼킬 듯 사납게 포효했다.

해안에서 3마일 정도 떨어진 곳, 1년 내내 거센 파도에 부딪혀 쓸려 나가 움푹 들어간 쓸쓸한 암초 위에 외로운 등대 하나가 서 있었다. 엄청난 양의 해초가 등대 아래쪽에 달라붙어 있었고, 바다제비들—해초가 물에서 태어났듯이 바다제비는 바람에서 태어났다고 생각할지 모른다—이 등대 주변을 스치듯 날아올랐다가 급강하하는 모습이 흡사 솟구쳤다가 떨어지는 파도처럼 보였다.

그러나 두 사내가 지키고 있는 이곳 등대에서도 불은 피워져 있었고, 한 줄기 밝은 빛이 두꺼운 돌벽에 난 작은 구멍을 통해 무시무시한 바다 위로 흘러나왔다. 그들은 울퉁불퉁한

탁자 위에 거친 두 손을 맞잡고 앉아 서로에게 크리스마스를 축하해 주고 깡통에 든 그로그주*를 마셨다. 낡은 배의 뱃머리 장식처럼, 험한 비바람을 겪어 얼굴이 상처투성이인 나이 든 한 명이 폭풍우 그 자체만큼이나 억세고 우렁찬 노래를 부르고 있었다.

다시 유령은 출렁이는 검푸른 바다 위를 빠른 속도로 계속 날아가, 마침내 스크루지가 말한 대로 해안가에서 멀리 떨어진 어느 배 위에 내려앉았다. 그들은 타륜을 잡고 있는 키잡이, 뱃머리에 있는 망보는 선원, 당직을 서고 있는 고급 선원 옆에 섰다. 검고 유령처럼 생긴 모습으로 각자 맡은 자리를 지키고 있었지만, 모두가 크리스마스 곡조를 흥얼거리거나, 크리스마스 생각을 하고 있거나, 지나간 크리스마스 날에 대해 동료 선원들에게 나직한 목소리로 이야기하며 고향에 돌아갈 희망을 품고 있었다. 그리고 깨어 있거나 잠들어 있는 사람, 선한 사람이나 나쁜 사람 할 것 없이, 배에 타고 있는 사람들은 모두 그해 어느 날보다 오늘 크리스마스 날에 서로서로에게 더 친절한 말투를 주고받으며 나름대로 서로에게 축복을 빌어 주었다. 그리고 멀리 떨어져 있는 사랑하는 사람들을 기

* 럼과 물을 절반씩 섞은 술.

세 유령 중 두 번째

억했고, 그들도 그를 기억하며 즐거워하리라는 것을 알고 있었다.

스크루지는 바람의 울음소리를 들으며 죽음만큼 심오한 비밀이 그 밑바닥에 간직되어 있는 미지의 심연 위, 적막한 어둠을 뚫고 나아간다는 것이 그 얼마나 장엄한 일인가를 생각하며 놀라움을 금치 못했다. 그리고 이런 생각에 잠겨 있을 때 어디선가 들려온 호탕한 웃음소리에 스크루지는 또 한번 크게 놀랐다. 그런데 그 목소리의 주인공이 바로 자기 조카이며, 또 스크루지 자신이 유령과 함께 밝고, 포근하고, 반짝거리는 어느 방 안에 들어와 유령이 조카 옆에 서서 만족한 듯 미소를 지으며 조카를 바라보고 있다는 사실을 알고 더더욱 놀랐다.

"하, 하!" 스크루지의 조카가 크게 웃었다. "하하하!"

독자들이 어떤 경우에서라도 스크루지의 조카보다 더 큰 소리로 웃는 사람을 알고 있다면, 내가 할 말은, 나 역시 그 사람을 알고 싶다는 것이다. 나에게 소개해 주면 그와 사귀어 보겠다.

질병과 슬픔도 전염되지만 웃음과 쾌활함만큼 압도적으로 감염되는 것도 이 세상에 없다는 사실은, 정당하고 공정하고 고귀한 사물의 이치이다. 조카가 이런 식으로, 즉 배를 움켜쥐

크리스마스 캐럴

고, 머리를 흔들고, 얼굴을 알아볼 수 없을 정도로 일그러뜨리며 웃고 있을 때, 스크루지의 조카며느리도 남편과 똑같이 마음껏 웃고 있었다. 그들의 친구들도 뒤질세라 소리 높여 호탕하게 웃고 있었다.

"하하! 하하하하!"

"당숙은 크리스마스가 쓸데없는 짓이라고 말씀하셨어. 내 말 틀림없어!" 스크루지의 조카가 소리쳤다. "당숙은 그렇게 믿고 계셔."

"그분에게는 정말 수치스러운 일이네요, 프레드." 스크루지의 조카며느리가 화를 내며 말했다. 이런 여자들에게 축복이 있기를. 이런 여자들은 매사에 어물쩍 넘어가는 법이 없고 언제나 진지하다.

스크루지의 조카며느리는 매우 예뻤다. 아니 정말로 미인이었다. 그녀의 보조개와 놀라는 듯한 표정과 아름다운 얼굴, 키스하고 싶은 탐스러운 작은 입—분명한 사실이다—, 웃을 때 한데 어우러져 보이지 않는 턱 주위의 온갖 귀여운 작은 점들, 귀여운 소녀의 얼굴에서 찾을 수 있는 가장 빛나는 두 눈. 다시 말해 상대방의 시선을 확 사로잡는 그런 여자였지만 완벽한 여자이기도 했다. 오, 더할 나위 없이 완벽한 여자였다!

113

"당숙은 웃기는 영감님이야." 스크루지의 조카가 말했다. "정말이야. 유쾌하게 지낼 수도 있는데 그렇게 하질 않으셔. 하지만 그분이 저지르는 잘못 자체가 다 벌이야. 그래서 난 그분에게 뭐라고 안 좋은 소리를 하지 않아."

"그분은 정말로 아주 큰 부자예요, 프레드." 스크루지의 조카며느리가 넌지시 말했다. "적어도 당신이 **나에게** 그렇다고 늘 말했잖아요."

"그래서 어떻다는 건데, 여보?" 조카가 말했다. "당숙의 재산은 본인에게 아무 소용이 없어. 그 돈으로 무슨 좋은 일도 하지 않을 거고. 그 돈으로 당숙 자신이 편안한 생활을 누릴 것도 아니고. 또 우리에게 은혜를 베풀어 줄 생각을—하하하!— 하면서 만족해할 분도 아니지."

"난 당숙님을 참을 수가 없어요." 조카며느리가 의견을 말했다. 조카의 처제들과 다른 숙녀들도 모두 똑같은 의견을 표시했다.

"오, 난 안 그래." 조카가 말했다. "난 당숙이 불쌍해. 그분에게 화를 내려 해도 그럴 수가 없어. 당숙의 고약한 변덕으로 누가 고통을 당하지? 항상 본인 자신이야. 당숙은 우리를 싫어하는 생각을 그의 머릿속에 넣고 있으니까 우리랑 같이 식사하자고 해도 오시질 않는 거야. 그 결과는 어떻게 돼? 우리

크리스마스 캐럴

집에서 배불리 드실 수야 없겠지만 말이야."

"난 그분이 아주 훌륭한 식사를 놓쳤다고 생각해요." 조카 며느리가 끼어들며 말했다. 모두가 같은 의견을 냈는데, 그들은 방금 식사를 마쳤으므로 유능한 심판관으로 인정받아야 할 것이다. 이제 그들은 램프 불빛 아래 난로에 둘러앉아 테이블 위에 놓인 후식을 먹고 있었다.

"그래, 그 소리를 들으니 참 기쁘네." 조카가 말했다. "난 요즘 젊은 주부들을 크게 신뢰하지 않아. 토퍼, **자네** 생각은 어때?"

토퍼는 총각이란 존재는 미천한 추방자 신세여서 그런 문제에 의견을 낼 권리가 없다고 대답했기 때문에, 조카의 처제들 중 한 사람에게 눈독 들이고 있는 것이 분명했다. 그러자 조카의 처제—장미 무늬가 아니라 레이스 깃을 단 통통한 처제—가 얼굴을 붉혔다.

"계속 말해 보세요, 프레드." 조카며느리가 손뼉을 치면서 말했다. "저이는 말을 시작하다가 끝을 맺지 못해요. 정말 엉뚱한 사람이에요."

조카는 또다시 즐겁게 웃어 댔다. 웃음의 전염은 막는 것이 불가능한 것이라 통통한 처제는 향초香醋를 맡으며 웃음을 애써 참으려 했지만, 결국 모두가 다 같이 그를 따라 웃음을

115

터뜨렸다.

"내가 단지 하려는 말은," 조카가 말했다. "당숙이 우리를 싫어해서 우리와 즐거운 시간을 보내지 않는 결과는 내가 생각한 대로, 본인에게 전혀 해가 되지 않는데도 당숙이 즐거운 시간을 누리지 못한다는 거지. 난 당숙이 곰팡이 슨 자신의 낡은 사무실이나 먼지 나는 방 안에 틀어박혀 자기 혼자만의 생각에서 찾을 수 있는 것보다 더 유쾌한 동료들을 잃고 있다고 확신해. 당숙이 좋아하든 안 하든 난 매년 그분에게 똑같은 기회를 드릴 작정이야. 당숙이 안쓰럽거든. 그분은 죽을 때까지 크리스마스를 욕할지 모르지만 매년 내가 기분 좋게 당숙을 찾아가 '스크루지 아저씨, 안녕하세요?'라고 인사를 하면―그분에게 맞서며― 크리스마스에 대한 생각이 달라질 수밖에 없을 거야. 그 결과 혹시 그의 불쌍한 서기에게 50파운드쯤 남기겠다고 마음먹기라도 한다면, **그것만으로** 대단한 성공 아니겠어. 어제 당숙의 마음을 좀 흔들어 놓은 것 같아."

조카가 스크루지의 마음을 흔들어 놓았다는 생각에 다른 사람들이 차례로 웃었다. 그러나 조카는 워낙 성격이 좋아 그들이 무엇 때문에 웃든 신경 쓰지 않았다. 그래서 어쨌든 그들은 계속 웃었고, 그는 그들을 즐겁게 하려고 흥을 돋우고 유쾌하게 술병을 돌렸다.

차를 마신 후 그들은 노래를 불렀다. 그들은 음악을 좋아하는 가족이라, 단언하건대, 글리*나 돌림노래를 부를 때 각자의 역할을 확실히 알고 있었다. 특히 토퍼는 훌륭한 가수처럼 베이스 톤으로 우렁차게 불렀는데, 이마에 핏줄이 서거나 얼굴이 붉어지지 않았다. 조카며느리는 하프 연주 실력이 좋았고 지금 부르고 있는 다른 곡 중에서 간단한 곡 하나(2분이면 배워서 휘파람으로 불 수 있을 정도의 대단찮은 곡)를 연주했는데, 과거의 크리스마스 유령이 스크루지에게 보여 주었듯이 소년 스크루지를 집으로 데려가기 위해 기숙학교에 왔던 그 어린 소녀가 곧잘 불렀던 노래였다. 이 노래의 선율이 흘러나오자, 유령이 스크루지에게 보여 주었던 모든 것들이 그의 머리에 되살아났다. 그래서 그는 마음이 점차 누그러져 만일 여러 해 전에 이 노래를 자주 들었더라면 제이콥 말리를 파묻은 일꾼의 삽에 의존하지 않고서도** 자신의 행복을 위하여 직접 인생의 선행을 쌓을 수 있었을 것이라는 생각이 들었다.

그러나 그들이 음악으로만 저녁 시간을 보낸 것은 아니었다. 잠시 후 그들은 벌금 놀이를 했다. 가끔 동심으로 돌아가 보는 것도 즐거운 일인데, 크리스마스의 강력한 창시자 본인

* 세 명 이상이 무반주로 부르는 남성 합창곡.
** '말리의 유령이 그(스크루지)를 교화시키지 않아도'라는 뜻임.

세 유령 중 두 번째

이 어린 아기였던 크리스마스야말로 동심의 세계로 돌아가기에 최고의 날이었다. 잠깐. 먼저 '장님 놀이'가 있었다. 물론 그 놀이를 했다. 그런데 토퍼의 눈이 신발 안에 달려 있다고 믿지 않듯, 나는 그가 완전히 눈을 가렸다고는 믿지 않았다. 내 생각인데, 토퍼와 스크루지의 조카 사이에 무슨 일이 있었고, 현재의 크리스마스 유령도 그것을 알고 있는 것 같았다. 레이스 깃 장식을 단 통통한 아가씨 뒤만 쫓아다니는 그의 모습은 인간성이 아무리 좋은 사람한테도 꼴불견처럼 보였다. 부지깽이나 삽 등을 넣어 둔 양철통을 넘어뜨리고, 의자를 차서 뒹굴게 만들고, 피아노에 쾅 하고 부딪치고, 커튼에 감겨 숨이 막힐 지경이면서도 그는 통통한 아가씨의 꽁무니만 졸졸 따라다녔다. 그는 그 아가씨가 어디 있는지 늘 알고 있었다. 그는 다른 사람은 붙잡으려 하지도 않았다. 만일 여러분이 일부러 그와 부딪치기라도 했다면(실제로 그러기도 했다), 그는 여러분을 잡으려 애쓰는 시늉만 했을 것이고, 여러분으로선 그의 행동을 도무지 이해할 수 없었을 것이다. 그러곤 즉시 그는 다시 통통한 그 아가씨 쪽으로 미끄러지듯 빠져나갔을 것이다. 그녀는 이것이 반칙이라고 여러 차례 외쳤는데, 정말로 공평한 것이 아니었다. 하지만 결국 토퍼가 그녀를 붙잡았을 때, 그녀는 비단옷을 팔랑거리며 몸을 재빨리 흔들어 그에게

서 빠져나가려 했지만 그가 그녀를 구석으로 몰아붙여 더 이상 도망갈 데가 없었다. 그런 뒤 그의 행동은 정말로 밉살스러웠다. 그는 그녀가 누구인지 모른 체하면서, 그녀의 머리 장식을 만져 보고 그녀의 손가락에 끼어 있는 반지와 목에 걸려 있는 목걸이를 더듬어 봐야 누구인지 확인할 수 있다고 둘러대는 꼴이 비열하고 음흉해 보였다. 다른 사람이 술래가 되었을 때, 그들은 아주 은밀하게 커튼 뒤에 숨어 있었는데, 그녀는 아까 있었던 일에 대해 자신의 생각을 그에게 틀림없이 말했을 것이다.

스크루지의 조카며느리는 '장님 놀이'에 끼지 않고 아늑한 구석진 곳에서 발 받침대 위에 발을 얹어 놓고 큼지막한 의자에 앉아 편안하게 쉬고 있었다. 유령과 스크루지는 그녀 바로 뒤에 있었다. 그러다가 그녀는 곧 벌금 놀이에 참여했고 알파벳 글자를 가지고 하는 놀이*도 꽤 잘 해냈다. 뿐만 아니라 '어떻게, 언제, 어디서 놀이'**에도 두각을 나타냈고, 토퍼가 이

* 나는 내 사랑을 'A' 자로 사랑한다 게임. 첫 번째 사람이 "나는 내 사랑을 'A' 자로 사랑한다. 왜냐하면 그는 쾌활하기 때문에"(I love my love with an A, because he's Agreeable)라고 말하면 그다음 사람이 "나는 그 사람이 싫어요. 왜냐하면 그는 욕심이 많기 때문에"(I hate him because he's Avaricious)라고 문장을 만들고 또 이어서 다른 사람이 'A'를 넣어 문장을 만들어 내는 놀이이다. 어머니들이 아이들에게 알파벳과 문장을 가르치는 용도로 이용했다.

** 한 사람이 여러 의미를 가지고 있는 단어 하나를 선택하면 나머지 사람들이 '어떻게, 언제, 어디서' 그것을 좋아하는지 질문하여 맞히는 게임이다.

세 유령 중 두 번째

미 말한 대로 아가씨들 역시 놀이를 잘하는 똑똑한 처녀들이었지만, 스크루지의 조카는 아내가 처제들에게 완전한 승리를 거두자 내심 즐거워했다. 거기에 모인 사람들은 젊은이와 나이 든 사람을 합쳐 스무 명 정도 되었을 것이지만, 그들 모두 놀이에 참여했다. 스크루지까지도 놀이에 동참했다. 그는 진행되고 있는 놀이에 흠뻑 빠져들어 자기 목소리가 그들의 귀에 들리지 않는다는 것을 완전히 잊고서 이따금씩 추측한 답을 큰 소리로 말했는데, 자주 정답을 맞혔다. 스크루지는 자신이 무딘 사람이라고 여기고 있지만, 바늘귀가 부러지지 않기로 유명한 화이트채플*에서 만든 최고급 제품인 가장 예리한 바늘도 스크루지만큼은 예리하지 못했을 것이다.

유령은 스크루지가 이런 기분에 빠져 있는 것을 보고 무척 기쁘게 생각하며 호의적인 눈으로 그를 쳐다보았다. 스크루지는 유령에게 손님들이 떠날 때까지 그곳에 머물게 해달라고 아이처럼 사정했다. 하지만 유령은 그럴 수 없다고 말했다.

"새로운 놀이가 시작된다고요." 스크루지가 말했다. "30분만, 유령님, 딱 30분만."

그것은 '스무고개'라는 놀이였다. 스크루지의 조카가 어

떤 것을 생각하면 나머지 사람들은 그것을 맞혀야 했다. 그는 그들의 질문에 경우에 따라 '예' 또는 '아니요'라고 대답하기만 하면 되었다. 치열한 질문 공세 후에 그가 생각하고 있는 것이 동물이라는 것이 드러났다. 그것은 살아 있는 동물, 다소 불쾌한 동물, 야만적인 동물, 때로는 으르렁거리고 꿀꿀거리고, 이따금 말도 하고, 런던에 살고 있고, 거리를 걸어 다니고, 구경거리는 아니고, 누군가에 의해 끌려다니지도 않고, 동물원에 갇혀 살지도 않고, 시장에서 도살당하지도 않고, 말도, 당나귀도, 암소도, 황소도, 호랑이도, 개도, 돼지도, 고양이도, 곰도 아니었다. 새로운 질문이 튀어나올 때마다 조카는 연신 요란한 웃음을 터뜨렸다. 그는 도저히 제어할 수 없을 정도로 웃음이 터져 나와 소파에서 벌떡 일어나 발을 굴려야 했다. 드디어 통통한 처제가 숨이 넘어갈 정도로 웃으며 외쳤다.

"알았어요! 뭔지 알겠어요, 프레드! 답을 찾았어요!"

"뭔데?" 프레드가 외쳤다.

"형부의 당숙 스크-루-지!"

정답이었다. 모두가 감탄했다. 그중 "곰입니까?"라는 질문에 대한 답이 "예."가 되어야 한다고 항의한 사람도 있었다. 그는 스크루지 쪽으로 생각이 기우는 경향이 있었을 경우, "아

121

니요."라는 대답을 듣고 그 생각을 다른 데로 돌렸을 수도 있지 않았을까 하고 말했다.

"당숙 덕분에 즐겁게 놀았으니," 프레드가 말했다. "그분의 건강을 위해 축배를 들지 않으면 도리가 아니겠지. 여기 마침 멀드 와인* 한 잔이 있으니 내가 선창하겠어. '스크루지 아저씨를 위하여!'"

"좋아요! 스크루지 아저씨를 위하여!" 그들이 소리쳤다.

"그분이 어떤 분이든 그분을 위하여 즐거운 크리스마스와 새해를!" 조카가 말했다. "그분은 이런 인사를 받지 않으려 하겠지만, 그래도 받으시길. 스크루지 아저씨!"

스크루지는 눈에 보이진 않았지만 무척 명랑해졌다. 만일 유령이 스크루지에게 시간적 여유를 더 주었더라면 그는 자신을 의식하지 못하고 있는 이들을 위해 답례로 축배를 들며 들리지 않는 소리로 고마움을 표시했을 것이다. 그러나 조카가 마지막 말을 하자마자 이 모든 장면은 사라져 버렸고, 그와 유령은 다시 여정에 올랐다.

그들은 많은 것을 보았고, 멀리 가보았고, 많은 집들을 방문했지만, 결말은 언제나 행복했다. 유령이 환자의 침대 옆에

* mulled wine : 포도주에 시나몬, 과일, 향신료 등을 첨가하여 따뜻하게 끓인 음료.

크리스마스 캐럴

서면 그들은 생기가 돌았고, 또 유령이 이국땅을 찾아가면 고향을 떠난 사람들은 고향에 있는 듯 아늑함을 느꼈다. 고뇌하는 사람들을 찾아가면 그들은 큰 희망을 가지고 인내했으며, 가난한 사람들 옆에 서면 그들은 마음이 풍요로워졌다. 빈민구호소, 병원, 감옥 등 비참한 모든 피난처에서 보잘것없는 권세를 내세우며 허영심에 빠진 자들도 문을 닫아걸고 유령의 방문을 막지 않아, 유령은 그들에게 축복을 내려 주었고, 스크루지에게도 교훈을 가르쳐 주었다.

단 하룻밤치고는 긴 밤이었다. 그러나 스크루지가 볼 때 크리스마스 연휴 기간이 그들이 함께 보낸 시간 안에 압축된 것처럼 보였기 때문에, 그는 하룻밤만 보냈다는 것을 믿지 않았다. 스크루지는 외형적으로 변하지 않고 그대로인데 유령은 분명히 점점 늙어 가는 것이 또한 이상했다. 스크루지는 이런 변화를 보았지만 그들이 아이들의 주현절 파티를 보고 떠날 때까지 유령에게 말하지 않았다. 이윽고 그는 그들이 공터에 함께 서 있을 때 유령을 쳐다보고서 머리가 하얗게 세어 있는 것을 알았다.

"유령들은 수명이 이렇게나 짧아요?" 스크루지가 물었다.

"이 지구상에서 내 삶은 매우 짧아요." 유령이 대답했다. "오늘 밤에 끝납니다."

세 유령 중 두 번째

“오늘 밤에요!” 스크루지가 외쳤다.

“오늘 밤 자정까지. 자, 들어 보세요! 시간이 가까워지고 있어요.”

그 순간 종이 11시 45분을 알리고 있었다.

“내가 물어본 게 잘못이라면 용서하시오.” 스크루지가 유령의 옷자락을 유심히 바라보며 말했다. “그런데 이상한 것을 봤어요. 유령님의 옷자락에서 튀어나온 것이 유령님의 몸의 일부는 아닌 것 같은데, 발인가요, 아니면 발톱인가요?”

“거기에 살이 안 붙어 있으니 발톱일지도 모르겠지요.” 유령이 슬픈 목소리로 대답했다. “여길 보시오.”

유령은 옷자락의 접힌 부분에서 가엾고, 비참하고, 끔찍하고, 흉측하고, 가련한 두 아이를 끄집어냈다. 그들은 유령의 발 앞에 무릎을 꿇고 그의 옷자락의 끝부분에 달라붙어 있었다.

“오, 인간이여, 여길 좀 봐요! 보시오, 보시오, 여기 아래를!” 유령이 소리쳤다.

소년 한 명과 소녀 한 명이었다. 얼굴이 누렇게 떠 있고, 메마르고, 누더기를 걸치고 굶주린 이리 같은 표정을 짓고 있었지만, 공손하게 엎드려 있었다. 우아한 젊음이 넘쳐흐르고 가장 싱싱한 색조로 물들어 있어야 할 얼굴은 노인의 손처럼 생기가 없고, 쪼글쪼글한 손으로 꼬집고 비틀어서 파편처럼 찢겨져 있었다. 천사들이 권좌를 차지하고 앉아 있어야 할 자리에 악마가 숨어들어 와 위협하며 노려보고 있었다. 놀라운 창조의 신비를 통해 인간성이 아무리 변하고 아무리 타락하고 아무리 왜곡되더라도, 이 아이들의 반만큼이라도 섬뜩하고 무시무시한 괴물을 만들어 내지 못했을 것이다. 스크루지는 질겁해 뒷걸음쳤다. 유령이 이렇게 그에게 아이들을 보여 주었으니 그는 귀여운 아이들이라고 칭찬하려 했지만, 그만 말문이 막히고 말았다. 그런 엄청난 거짓말을 차마 할 수가 없었다.

"유령님, 얘들은 유령님의 아이들인가요?" 스크루지는 더 이상 말이 없었다.

"인간의 아이들이지요." 유령이 그들을 내려다보며 말했다. "이 아이들은 자기들의 아버지로부터 벗어나 나한테 달라붙어 하소연하고 있는 거예요. 사내아이는 '무지'이고 여자아이는 '결핍'이지요. 이 애들과 같은 부류의 아이들을 조심하시오. 특히 사내아이는요. 이 아이의 이마에 '파멸'이라고 적혀 있는 것이 보이기 때문이오. 누가 지우지 않는 한 조심해야 해요. 부인할 테면 해봐!" 유령은 도시 쪽으로 손을 뻗으며 소리쳤다. "너희에게 무지에 대한 경고의 말을 하는 자들을 어디

세 유령 중 두 번째

한번 비방해 봐라. 너희들의 당파적인 목적으로 그걸 이용해 더 망쳐 놓으려면 그렇게 해봐. 그리고 어떤 결과가 나올지 기다려 봐."

"이 아이들을 돌봐 줄 장소나 도움은 없소?" 스크루지가 외쳤다.

"감옥이 없냐고요?" 유령은 스크루지가 전에 했던 말을 되갚아 주었다. "구빈원이 없다고요?"

종이 자정을 알렸다.

스크루지는 주위를 둘러보며 유령을 찾았으나 보이지 않았다. 종소리의 마지막 울림이 사라졌을 때, 그가 제이콥 말리 영감의 예언을 떠올리고 고개를 들자 옷자락을 길게 늘어뜨리고 두건을 쓰고 땅에 깔려 있는 안개처럼 자신을 향해 다가오고 있는 엄숙한 환영이 보였다.

크리스마스 캐럴

마지막 유령

유령은 천천히, 엄숙하게, 말없이 다가왔다. 유령이 다가오자, 스크루지는 무릎을 꿇었다. 이 유령이 뚫고 지나온 공기 자체에서 음울함과 신비한 기운이 퍼져 나오는 것 같았기 때문이다.

유령은 짙은 검은색 옷으로 머리와 얼굴을 숨기고 온몸을 감싸고 있어 뻗어 있는 한쪽 손 외에는 아무것도 보이지 않았다. 이 손도 보이지 않았더라면 유령의 모습을 밤에서 떼어 내어 그를 에워싼 암흑과 분리하기 어려웠을 것이다.

유령이 옆으로 다가왔을 때, 스크루지는 그가 키가 크고 건장하다는 느낌을 받았고, 이 신비스러운 존재가 자기를 엄

숙한 두려움에 사로잡히게 만들었다고 생각했다. 유령이 말
도 하지 않고 움직이지도 않았기 때문에 스크루지로선 더 이
상 알 수가 없었다.

"내가 지금 다가올 크리스마스의 유령 앞에 있는 건가요?"
스크루지가 물었다.

유령은 대답을 하지 않고 한 손으로 아래쪽을 가리켰다.

"유령님은 아직 일어나지는 않았지만 우리 앞에 벌어질 일
들의 그림자를 보여 주려 하는군요." 스크루지가 추궁하듯 물
었다. "그렇지요, 유령님?"

유령이 머리를 끄덕거리기라도 한 것처럼 유령 옷의 위쪽
부분이 한순간 접혀 올라갔다. 그것은 스크루지가 받은 유일
한 대답이었다.

스크루지는 이때까지 유령과 함께 다니는 데 익숙해져 있
었지만, 이 말 없는 형체가 어찌나 두려웠던지 두 다리가 후
들후들 떨렸다. 유령의 뒤를 따라나설 준비를 하는데 두 다리
로 똑바로 설 수 없었다. 유령은 스크루지의 이런 모습을 보
고 걸음을 잠시 멈추어 그에게 정신 차릴 시간을 주었다.

하지만 스크루지는 상태가 오히려 악화되었다. 거무스름한
수의壽衣 뒤에서 귀신 같은 두 눈이 자신을 꿰뚫어 보고 있다
고 생각하니 알 수 없는 막연한 공포심이 엄습해 온몸에 소

크리스마스 캐럴

름이 돋았다. 그래서 그는 두 눈을 부릅뜨고 보았지만 유령 같은 손 한 개와 커다란 검은 덩어리만 보일 뿐이었다.

"미래의 유령님!" 스크루지가 소리를 질렀다. "유령님은 내가 지금까지 만난 유령 중에서 제일 무서워요. 그러나 유령님의 목적이 나를 유익하게 해주려는 것임을 알고 있고 또 내가 예전의 나와는 다른 인간으로 살고 싶어 하기 때문에, 난 무서움을 참으며 당신과 동행할 준비가 되어 있어 고마운 마음으로 함께 가겠어요. 나한테 말 좀 해보지 않겠소?"

대답이 없었다. 한 손은 그들 앞을 똑바로 가리키고 있었다.

"나를 인도해 주시오." 스크루지가 말했다. "앞장서시오. 밤이 빠르게 가고 있어요. 나한테 귀중한 시간인 걸 알고 있어요. 나를 인도해 주시오, 유령님."

유령은 그에게 처음 다가왔을 때처럼 저쪽으로 움직였다. 스크루지는 유령의 옷 그림자를 따라갔다. 그 옷 그림자가 자신을 들어 올려 데려가고 있다고 생각했다.

그들은 시내로 들어가는 것 같지 않았다. 오히려 시내가 그들 주위에 불쑥 솟아올라 스스로 그들을 에워싸는 것 같았다. 그러나 그들은 시내 한복판, 상인들 틈에 끼여 거래소에 와 있었다. 상인들은 호주머니 안에 들어 있는 돈을 짤랑거리

마지막 유령

며 이리저리 바삐 오가고 있었고, 여럿이 모여 이야기를 나누고, 시계를 들여다보고, 생각에 잠긴 듯 큼지막한 황금 도장을 만지작거리는 등 스크루지가 종종 보아 왔던 그런 모습을 하고 있었다.

유령은 상인들이 조그맣게 모여 있는 곳 옆에서 발걸음을 멈추었다. 유령의 손이 그들을 가리키는 것을 알고, 스크루지는 그들의 대화를 들으려고 앞으로 나아갔다.

"아냐," 턱이 괴물처럼 생겼고 몸이 비대한 어떤 사람이 말했다. "자세히는 모르겠지만 그가 죽었다는 것밖에 몰라."

"언제 죽었는데?" 다른 사람이 물었다.

"어젯밤인 것 같아."

"글쎄, 그 사람한테 그런 일이?" 셋째 사람이 엄청나게 큰 코담배 갑에서 코담배를 한 주먹 꺼내며 물었다. "난 그가 죽지 않을 거라 생각했는데."

"그야 아무도 모르지." 첫째 사람이 하품을 하며 말했다.

"그 돈은 다 어떻게 했지?" 코끝에 난 혹이 수컷 칠면조의 쭈글쭈글한 턱살처럼 흔들거리고 얼굴이 벌건 한 신사가 물었다.

"듣지 못했는데," 턱이 큰 사람이 다시 하품을 하며 말했다. "자기 회사에 남겨주었겠지. 나한텐 한 푼도 남기지 않았어.

크리스마스 캐럴

난 그것밖에 몰라."

이 기분 좋은 농담에 모두 웃음으로 화답했다.

"장례식도 싸구려로 치르겠지." 같은 사람이 말했다. "도대체 조문 가려는 사람이 하나도 없다니. 우리가 조문단을 꾸려 가보면 어떨까?"

"점심이라도 준다면야 생각해 보지." 코에 혹이 난 신사가 의견을 말했다. "내가 간다면 난 반드시 얻어먹지."

또다시 한바탕 웃었다.

"글쎄, 결국, 난 이 중에서 가장 이해관계가 없는 사람이야." 첫 번째 사람이 말했다. "검은 장갑도 끼지 않고, 점심도 얻어먹지 않을 테니까. 하지만 누군가가 간다면 나도 가야겠지. 생각해 보면, 내가 그의 가장 친한 친구가 아니었다고는 말할 수 없어. 우리가 길에서 만날 때마다 멈춰서 서로 인사를 했던 사이였으니까. 그럼, 난 이만 가보겠네, 잘들 있게."

이야기하는 사람들이나 듣는 사람들이나 어슬렁어슬렁 뒤로 빠지더니 다른 무리의 사람들과 어울렸다. 그들은 자신이 알고 있는 사람들이라서, 스크루지는 어찌 된 영문인지 설명을 해달라고 유령을 쳐다보았다.

유령은 거리를 미끄러지듯 걸어갔다. 유령은 두 사람이 만나고 있는 모습을 손가락으로 가리켰다. 스크루지는 유령의

131

마지막 유령

설명이 그들의 이야기 속에 있을지 모른다고 생각하고 다시
귀를 기울였다.

스크루지는 이 사람들 역시 잘 알고 있었다. 그들은 사업가
로 상당한 부자였고 중요한 인물이었다. 스크루지는 사업상,
어디까지나 사업적인 면에서 그들로부터 호의적 평가를 받으
려고 늘 애를 쓰고 있었다.

"잘 있었어?" 한 사람이 말했다.

"자네도 잘 있었나?" 다른 사람이 대답했다.

"결국!" 첫 번째 사람이 말했다. "야! 드디어 악마가 데리고
갔군."

"나도 들었어." 두 번째 사람이 대답했다. "추운 날씨야"

"크리스마스 철이니 당연하지. 자네 스케이트 안 타나?"

"그래. 안 타. 생각해 볼 어떤 일이 있어서. 잘 가게."

이 밖에 다른 이야기는 없었다. 이것이 그들이 만나서 이야
기하고 헤어진 것의 전부였다.

스크루지는 겉보기에 이렇게 하찮은 대화를 유령이 중요하
게 취급하는 걸 보고 처음에는 놀랐으나, 그들의 대화에 뭔가
숨은 사연이 틀림없이 있을 것이라는 확신이 들어 무슨 일인
지 곰곰이 생각해 보았다. 그의 옛 동업자인 제이콥의 죽음과
어떤 관계가 있는 것 같지는 않았다. 제이콥은 과거에 죽었고,

이번 유령의 임무는 미래에 대한 것이기 때문이다. 그리고 그 대화와 관련해서 자신과 직접 연관이 있는 어느 누구도 생각나지 않았다. 그러나 그 대화가 누구한테 해당하는 것이라도, 그 자신을 좋게 만들 어떤 교훈이 숨어 있으리라는 것은 의심할 수 없었기 때문에 그는 그가 듣는 말 한마디, 그가 본 것을 모두 가슴속에 간직해 놓겠다고 다짐했다. 그리고 특히 자신의 그림자가 나타날 때 유심히 살펴보기로 했다. 그의 미래 자아의 행동이 그가 놓친 실마리를 제공해 이 수수께끼를 쉽게 풀어 줄 것이라고 기대하고 있었기 때문이다.

스크루지는 바로 그 자리에서 자신의 모습을 찾아봤지만 그가 늘 있어 왔던 구석에 다른 사람이 서 있었다. 그가 그곳에 있어야 할 시간이라고 시계가 알려 주었지만, 그는 현관 쪽으로 밀려 들어오는 군중 속에서 자신과 닮은 사람을 볼 수 없었다. 하지만 그는 별로 놀라지 않았다. 그는 마음속으로 삶을 바꾸어 보겠다고 결심을 하고 있었고, 그의 새로운 결심이 여기서 실행되는 것을 보게 될 것이라고 생각했고, 또 그렇게 되기를 희망했기 때문이다.

검은 형상을 하고 있는 유령은 손을 뻗은 채 말없이 그 옆에 서 있었다. 스크루지가 깊은 사색에서 깨어났을 때, 그는 유령이 손을 돌렸고 그 상황이 자신과 관련되어 있어서 그 보

마지막 유령

이지 않는 두 눈이 자기를 날카롭게 쏘아보고 있다고 생각했다. 그러자 그는 온몸이 떨려 왔고 싸늘한 냉기를 느꼈다.

그들은 번잡한 광경을 벗어나 시내의 어느 으슥한 지역으로 들어갔다. 스크루지는 그곳이 어디에 위치하고 있는지와 평판이 나쁜 지역인 것을 잘 알고 있었지만 전에 한 번도 가본 적이 없는 곳이었다. 길은 더럽고 좁았으며, 상점들과 집들도 허름했다. 사람들은 거의 발가벗은 채 술에 취해 있었고 바닥이 닳은 구두를 신고 다녔고, 모든 것이 추악해 보였다. 오물 구덩이 같은 골목길과 아치 길은 더러운 냄새와 쓰레기와 추한 삶의 모습을 구불구불한 큰길 위로 토해내고 있었다. 이 지역 전부가 범죄와 오물과 비참함의 지독한 악취를 풍기고 있었다.

이 악명 높은 동네의 소굴 깊숙이, 벽에 지붕을 붙여 튀어나오게 만든, 출입구가 낮은 상점 하나가 있었다. 그 상점은 철물, 낡은 옷가지, 병, 뼈다귀, 기름이 번지르르한 내장 등을 팔고 있었다. 상점 안 마룻바닥에는 녹슨 열쇠, 못, 쇠사슬, 경첩, 줄, 저울, 저울추 등 온갖 종류의 고철이 쌓여 있었다. 누구도 유심히 캐보고 싶지 않은 비밀이 보기 흉한 잡동사니와 썩어 가는 비곗덩어리와 뼈다귀 무덤 속에 숨어 자라고 있었다. 일흔 살쯤 되어 보이고 백발의 건달 같은 주인이 자신이 거래하는 고물 더미 가운데 낡은 벽돌로 만든 석탄 난로 옆에 앉아 있었다. 그는 잡동사니 천 조각들을 커튼처럼 줄 위에 죽 걸어 놓아 밖에서 들어오는 찬 바람을 막고 있었으며, 고요한 은둔 생활의 사치라도 즐기는 듯 파이프 담배를 피우고 있었다.

스크루지와 유령이 상점 주인 앞으로 다가가고 있을 때, 한 여자가 무거운 꾸러미를 안고 상점 안으로 들어왔다. 그러나 그 여자가 들어서는 순간, 또 다른 여자가 역시 짐을 들고 들어왔다. 그리고 이어서 빛바랜 검은색 옷을 입은 남자가 들어왔다. 두 여자는 서로를 보고 깜짝 놀랐고, 그 남자 역시 두 여자를 보고 놀랐다. 짧은 정적이 흐른 후, 이들 세 남녀는 웃음을 터뜨렸고 파이프 담배를 문 늙은 주인도 따라 웃었다.

"청소 아줌마가 혼자서 1등으로 왔네." 맨 먼저 들어온 여자가 소리쳤다. "세탁 아줌마가 2등이고, 장의사 양반이 3등이야. 이봐요, 조 영감님, 이런 우연도 다 있네요. 계획도 없이 우리 셋이서 여기서 만나다니 말예요."

"자네들이 이보다 더 좋은 곳에서 만날 수야 없겠지." 조 영감이 파이프를 입에서 떼면서 말했다. "거실로 들어오게. 오래전부터 마음대로 지내던 곳이잖아. 그리고 저 다른 두 친구도 모르는 사이도 아니고. 상점 문을 닫을 테니 좀 기다려. 이

135

런! 삐걱대는 꼴 좀 보게. 이곳에서 저놈의 경첩보다 더 지독하게 녹슨 쇳조각은 없을 거야. 그리고 이곳에 내 뼈보다 더 낡은 뼈다귀도 확실히 없어. 하하! 우린 각자 자기 직업에 잘 어울리잖아. 참 잘 만났어. 거실로 들어와, 거실로.”

거실이란 넝마 조각으로 쳐 놓은 커튼 뒤의 공간이었다. 늙은 주인은 계단의 양탄자를 누르는 용도로 만들어진 낡은 쇠막대로 난롯불을 긁어모으고 그의 담배설대로 그을음이 나는 램프의 심지를 다듬고(밤이었으므로) 다시 파이프를 입에 물었다.

주인이 이렇게 하고 있는 동안 말을 끝낸 여자는 꾸러미를 바닥에 던져 놓고 등받이 없는 걸상에 뻐기듯 앉아 무릎 위에 팔짱을 끼고 나머지 두 사람을 대담하고 도전적인 눈길로 쳐다보았다.

“그게 어때서요. 어때서, 딜버 아줌마.” 그 여자가 말했다. “자기 먹을 것은 자기가 챙겨야지. 그 양반도 언제나 그랬잖아.”

“맞아요, 진짜로.” 세탁 아줌마가 말했다. “그보다 더 지독한 사람은 없어.”

“자, 자. 겁먹은 사람처럼 눈을 동그랗게 떠 가지고 서 있지마. 우린 현명한 사람들이잖아. 우리가 서로의 흠을 들춰내려는 건 아니잖아, 안 그래?"

"그럼요, 물론이죠." 딜버 아줌마와 남자가 함께 말했다. "안 그러길 바라요."

"좋아, 그럼!" 그 여자가 소리쳤다. "그것으로 족하지. 이런 것쯤 몇 개 없어졌다고 누가 큰 손해를 보겠어? 죽은 사람이 손해 볼 것도 아니고."

"물론 아니지요." 딜버 아줌마가 웃으며 말했다.

"그 양반이 죽어서까지 그것들을 간직하고 싶었다면 말이야, 사악한 늙은 구두쇠." 그 여자가 계속 말했다. "죽기 전에 좀 다른 사람처럼 살지 못했을까? 그렇게 살았더라면 죽을병에 걸려 마지막 숨을 헐떡거리며 혼자 죽어 가진 않았을 것 아냐. 누구라도 그를 돌봐 줬을 건데."

"옳은 말만 하네요." 딜버 아줌마가 말했다. "그 영감, 벌 받은 거예요."

"난 더 무거운 벌을 받길 바랐는데." 여자가 대답했다. "그리고 내가 다른 물건을 더 많이 가져왔더라면, 장담하지만, 그게 바로 그 양반에게 더 무거운 벌이 되었을 텐데 말이에요. 보따리 좀 풀어 봐요, 조 영감님, 값어치가 얼마나 되는지 알려 주고요. 솔직하게 말해야 돼요. 난 내가 맨 처음이래도 겁나지 않고, 또 저들이 다 보고 있어도 겁날 것 없어요. 우린

마지막 유령

이곳에서 만나기 전부터 서로 잘 아는 사이로 서로 돕고 있으니. 죄가 될 게 뭐 있겠어요. 보따리를 풀어요, 조 영감님.”

그러나 그녀의 두 친구는 용감하게도 그녀가 그렇게 하는 것을 내버려 두지 않았다. 빛바랜 검은색 옷을 입은 남자가 빈틈을 노렸다가 그가 도둑질한 물건을 제일 먼저 꺼내 놓았다. 값이 나가는 것들은 아니었다. 도장 한두 개, 필통 한 개, 소매 단추 한 쌍, 별 값어치가 없는 브로치 한 개가 전부였다. 조 영감은 이 물건들을 꼼꼼하게 살펴보고 감정을 하고선 물건 각각에 대해 쳐주겠다고 생각하는 가격을 분필로 벽에 적었다. 그런 뒤 나올 게 더 이상 없다는 걸 확인하고 모두를 합산했다.

“이게 자네 몫이네.” 조가 말했다. “그리고 나를 끓여 죽인다 해도 6펜스 이상은 쳐줄 수 없네. 다음 차례는?”

딜버 아줌마 차례였다. 시트와 타월 몇 장, 옷가지 약간, 낡은 은제 티스푼 두 개, 각설탕 집게 한 쌍, 목이 긴 구두 서너 켤레. 그녀의 몫도 같은 방식으로 벽에 기록되었다.

“숙녀분들에겐 늘 잘 쳐준단 말이야. 여자한테 약해서 탈이야. 그래서 손해를 보게 돼.” 늙은 조가 말했다. “아줌마 몫이야. 1페니라도 더 달라고 흥정하려 들면, 그나마 잘 쳐준 걸 후회하고 반 크라운을 깎아 버리겠어.”

크리스마스 캐럴

“자 이제 **내 걸** 끌러봐야죠, 조.” 첫째 여자가 말했다.

조는 묶어 놓은 보따리를 쉽게 풀려고 무릎을 꿇고서 여러 매듭을 풀고 둘둘 말아 놓은 크고 묵직한 검은 천을 끌어냈다.

“이게 뭐지?” 조가 말했다. “침대 커튼인가?”

“아!” 여자가 팔짱을 낀 채 몸을 앞으로 내밀고 웃으며 반응을 했다. “침대 커튼 맞아요.”

“설마 그가 누워 있는 자리에서 고리까지 몽땅 떼어 온 것 아니겠지?” 조가 말했다.

“맞는데요,” 그 여자가 대답했다. “그러면 안 돼요?”

“돈 버는 재주가 타고났군.” 조가 말했다. “아줌만 분명히 그렇게 될 거야.”

“손을 뻗으면 뭐라도 잡을 수 있는데, 그런 작자 것이라 해도 빈손으로 오지 않아요. 그렇고말고요, 조.” 여자가 쌀쌀맞게 대답했다. “담요에 기름이나 떨어뜨리지 마세요.”

“그 양반이 덮던 담요?” 조가 물었다.

“그럼 누구 것이겠어요?” 여자가 대답했다. “분명히 말하지만 그잔 이까짓 담요 없어도 감기에 걸릴 사람이 아니잖아요.”

“뭐, 스크루지가 전염병 같은 것으로 죽은 건 아니겠지?” 늙은 조가 하던 일을 멈추고 위를 쳐다보며 말했다.

"그런 걱정은 할 필요 없어요." 여자가 대답했다. "그가 전염병으로 죽었다면 이런 것들이나 훔치자고 그 영감 주변을 어슬렁거릴 만큼 그 작자를 좋아하지 않는다고요. 아, 그 셔츠는 아무리 눈 빠지게 쳐다봐도 구멍 하나, 올 나간 자국 하나 찾을 수 없을 걸요. 이건 최고의 셔츠이고 질도 아주 좋아요. 내가 없었더라면 버릴 뻔했지 뭐예요."

"버리다니 무슨 소리야?" 늙은 조가 물었다.

"분명히 그 셔츠를 입은 채로 묻어 버렸을 거요." 여자가 웃으며 말했다. "어떤 멍청한 놈이 영감의 시체에 그것을 입혀 놨기에 내가 다시 벗겨 냈지 뭐예요. 시체 싸는 데는 무명천이면 족하죠. 아니면 무명천은 어디에다 쓰겠어요. 시체를 싸는 데 그만이지. 셔츠를 입었을 때나 무명천으로 싸여 있을 때나 흉측한 건 똑같았으니까요."

스크루지는 무서움에 떨며 이 대화를 엿듣고 있었다. 그들이 늙은 조의 희미한 램프 불빛 아래에서 훔친 물건 주위에 둘러앉아 있을 때, 그는 끓어오르는 증오심과 혐오감으로 그들을 바라보았다. 그들이 시체를 가지고 거래하는 더러운 악마들이라 해도 이렇게까지는 역겹지 않았을 것이다.

"하, 하!" 늙은 조가 헝겊 가방에서 돈을 꺼내 바닥에 있는 몇 가지 물건들에 대한 값을 쳐 주자 그 여자가 웃으며 말했

크리스마스 캐럴

다. "알다시피 이제 끝났군요. 그 작자는 살아생전에 모두에게 겁을 줘서 쫓아내더니 죽어서 우리에게 이득을 남기네요. 하, 하, 하!"

"유령님," 스크루지가 머리부터 발끝까지 사시나무 떨듯 떨며 말했다. "알겠어요, 알겠어요. 저 불행한 사람의 경우가 내 자신이 될지도 몰라요. 지금 내 인생이 저런 식으로 가고 있네요. 자비로우신 하느님, 이게 뭡니까?"

장면이 바뀌었기 때문에 그는 겁에 질려 몸을 잔뜩 움츠렸다. 이제 그는 침대에 거의 닿을 정도였다. 커튼도 없는 볼품없는 침대였다. 침대 위에는 어떤 물체가 놓여 있었는데 다 떨어진 시트로 덮여 있었다. 그 물체는 말은 하지 않고 있었지만 무시무시한 언어로 자신의 정체를 선언하고 있었다.

방은 매우 어두웠다. 스크루지가 어떤 방인지 알아보고 싶은 은밀한 충동에 이끌려 사방을 둘러보았지만 너무 어두워 정확히 분간하기가 어려웠다. 바깥 공기 속에서 희미한 빛 한 줄기가 솟아올랐다가 침대 위에 수직으로 떨어져 침대를 비추었다. 침대에 놓인 그 물체는 다 털리고 다 뺏기고 지켜봐 주는 사람도 없고 울어 주는 사람도 없고 돌봐 주는 사람도 없는 바로 이 남자의 시체였다.

스크루지는 유령 쪽을 힐끗 쳐다보았다. 유령의 꼿꼿한 손

마지막 유령

가락이 시체의 머리를 단호히 가리키고 있었다. 시트가 아무렇게나 덮여져 있어 약간만 들어 올려도, 스크루지가 손가락 한 개만 움직여도 머리가 드러나 보일 것 같았다. 스크루지는 그렇게 한번 해볼까 생각했다. 쉬울 것 같아 그러고 싶은 마음이 간절했지만 자기 옆에 있는 유령을 쫓아낼 힘도 없듯이 시트를 벗겨 낼 힘도 없었다.

오, 차디차고 냉혹하고 끔찍한 죽음이여. 여기에 너의 제단을 쌓고 그 제단을 그대의 명령을 따르는 공포로 치장하라. 이것이 그대의 영역이니. 그러나 그대의 끔찍한 목적을 위해 사랑받고 존경받고 영예로운 사람의 머리카락 하나도 이용하지 못할 것이며, 얼굴 어느 부분이라도 추하게 만들지 못할 것이다. 손을 내려놓은 것은 그것이 무거워서 축 늘어졌기 때문이 아니다. 심장과 맥박이 고요해서가 아니고 그 손은 넉넉하고 인자하고 진실했기 때문이다. 심장은 용맹스러우면서도 따뜻했고 부드러웠고 맥박은 인간다운 것이었기 때문이다. 쳐라, 그림자여, 쳐라. 그러면 맞은 상처에서 선행이 솟아올라 이 세상에 불멸의 생명을 뿌리는 것을 보게 될 것이니!

누구도 스크루지의 귀에 대고 이런 말을 선포해 주지 않았지만, 그는 침대를 바라보면서 이런 환청이 들렸다. 스크루지는 생각해 보았다. 만일 이 사람이 지금 일어날 수 있다면, 가

크리스마스 캐럴

장 먼저 무슨 생각을 할까. 탐욕, 인색한 거래, 괴로운 걱정거리. 이런 것들 때문에 이 사람은 터무니없는 종말을 맞았구나, 진실로.

그는 텅 빈 어두운 방에 누워 있었다. 남자, 여자, 아이 할 것 없이 그분은 이런저런 이유로 나에게 친절하셨지, 내게 다정하게 말해 주신 것이 기억나. 나도 그분 가시는 길에 다정하게 대해 드려야 되겠어, 라고 말하는 사람은 아무도 없었다. 고양이 한 마리가 문을 긁어 대고 있었고, 벽난로 돌 밑에서 쥐들이 뭔가를 갉아 먹는 소리가 들려왔다. 이놈들이 죽음의 방에서 뭘 원하는지, 왜 저렇게 어지럽게 들썩거리고 있는지 스크루지는 생각해 볼 엄두도 내지 못했다.

"유령님!" 스크루지가 말했다. "이곳은 무서운 곳이네요. 이곳을 떠나도 이번 교훈을 잊지 않겠소. 믿어 주시오. 나갑시다."

하지만 유령은 요지부동의 손가락으로 시체의 머리를 계속 가리키고 있었다.

"알겠어요." 스크루지가 대답했다. "할 수 있는 한 해보겠지만, 내겐 그럴 힘이 없어요. 유령님, 그럴 힘이 없다고요."

다시 한번 유령이 그를 지켜보는 것 같았다.

"이 도시에서 이 사람의 죽음으로 인해 어떤 감정을 느낀

마지막 유령

사람이 있다면," 스크루지가 번뇌에 빠져 말했다. "그 사람을
내게 보여 주시오. 유령님, 부탁드리오."

유령이 검은 옷자락을 잠시 동안 날개처럼 펼쳤다가 다시
접자, 대낮의 방이 나타났다. 거기에는 한 어머니와 아이들이
있었다.

어머니는 누군가를 기다리고 있었는데, 근심스럽고 애타게
기다리고 있었다. 그녀는 방 안을 왔다 갔다 하면서 무슨 소
리가 나도 깜짝 놀라며 창밖을 내다보았고, 시계를 들여다보
았다. 그리고 바느질을 해보려고 했지만 소용이 없었다. 아이
들이 노는 소리도 신경에 거슬렸다.

마침내 오랫동안 기다리던 노크 소리가 들렸다. 그녀는 문
으로 급히 달려가 남편을 맞았다. 남편은 젊었지만 얼굴이 걱
정과 근심에 싸여 있었다. 그때 그의 얼굴에는 정말로 기쁘기
도 하고 부끄럽기도 해서, 참으려고 하는 독특한 표정이 깃들
여 있었다.

남편은 아내가 난로 옆에 차려 놓은 저녁상 앞에 앉았다.
그리고 아내가 (오랫동안의 침묵이 흐른 후에) 무슨 소식이 있
는지 희미한 목소리로 물었을 때, 그는 어떻게 대답해야 할지
당혹해하는 것 같았다.

"좋은 소식이에요?" 그녀는 남편이 쉽게 답하도록 물었다.

크리스마스 캐럴

"아님, 나쁜 소식?"

"나쁜 소식이야." 그가 대답했다.

"우린 망했군요."

"아니. 아직 희망은 있어, 캐롤라인."

"**그 사람** 마음이 누그러진다면 또 모르죠." 그녀가 놀라며 말했다. "희망이 있겠죠. 그런 기적이 일어난다면 희망이 없는 건 아니겠죠."

"누그러질 것도 없어." 남편이 말했다. "그는 죽었어." 얼굴이 진실을 말해 준다면 아내는 온순하고 참을성 있는 여자였다. 하지만 그녀는 그 소식을 듣고 마음속으로 고마워했고, 두 손을 마주 잡고 잘되었다고 했다. 다음 순간 그녀는 바로 용서의 기도를 드렸고 그의 죽음에 애도를 표했다. 하지만 첫 번째 반응이 그녀의 가슴에서 우러나온 본심이었다.

"내가 어젯밤에 당신한테 말한 술에 반쯤 취한 그 여자 있지. 내가 일주일만 연기해 달라고 부탁하러 영감님을 찾아갔을 때 그 여자가 나한테 한 말이 그냥 나를 피하려는 핑계라 생각했는데, 정말 사실이었어. 영감님은 그때 중병에 걸려 다 죽어 가고 있었던 게 맞았어."

"그럼 우리 빚은 누구한테 갚아야 하나요?"

"모르겠어. 하지만 그 전에 돈이 준비될 거야. 그리고 기한

마지막 유령

안에 빚을 못 갚을지라도, 다음 채권자가 인정사정없는 사람이라고 알려지면 그때야 우린 정말 운이 없는 게 되겠지. 오늘 밤은 걱정 없이 잘 수 있을 거야, 캐롤라인."

그렇다. 그들은 마음을 누그러뜨리려 해도 더 가벼워졌다. 알아듣지도 못하면서 부모의 이야기 소리를 들으려 모여든 아이들의 얼굴도 더 밝아졌다. 이 집은 이 인간의 죽음으로 더 행복해졌다. 이 사건으로 인해 유령이 스크루지에게 보여 줄 수 있었던 유일한 감정은 기쁨이었다.

"죽음과 관련된 애정이 깃든 장면도 좀 보여 주세요." 스크루지가 말했다. "아니면, 유령님, 우리가 방금 나왔던 그 어두운 방의 모습이 내 눈앞에서 영원히 사라지지 않을 겁니다."

유령은 스크루지가 잘 알고 있는 거리 몇 군데로 그를 안내했다. 그들이 길을 따라가면서 스크루지는 이곳저곳을 살펴보며 자신을 찾아보았지만 아무 데서도 보이지 않았다. 그들은 가난한 밥 크래칫의 집으로 들어갔다. 그가 전에 방문했던 그 집이었다. 어머니와 아이들이 불 옆에 앉아 있는 모습이 보였다.

조용했다. 너무 조용했다. 시끄러운 꼬마 크래칫들도 한쪽 구석에 꼼짝 않고 앉아 책을 펼쳐 들고 있는 피터를 올려다보고 있었다. 어머니와 딸들은 바느질에 여념이 없었다. 그러나

크리스마스 캐럴

그들은 너무 조용했다.

"그리고 예수께서 어린아이 하나를 데려다가 그들 가운데 세우시고."*

스크루지가 어디서 이런 구절을 들어 본 적이 있었던가? 꿈속에서도 들어 본 적이 없었다. 그와 스크루지가 문지방을 막 넘었을 때 소년이 그 구절을 읽은 것이 분명했다. 그런데 왜 계속 읽지 않았을까?

어머니는 테이블 위에 바느질감을 놓고 한 손을 얼굴에 갖다 댔다.

"이 색깔** 때문에 눈이 아프구나." 그녀가 말했다.

이 색깔? 아, 가련한 꼬마 팀.

"이제 다시 괜찮아졌구나." 크래칫의 아내가 말했다. "촛불 앞에서 일하다 보니 시력이 약해졌나 봐. 난 너희들 아빠가 돌아오실 때 침침한 눈을 보여 주고 싶지 않단다. 곧 돌아오실 때가 됐는데."

"오히려 지났어요." 피터가 책을 덮으며 대답했다. "그런데 어머니, 아버진 요 며칠 저녁 동안 전보다 좀 느리게 걸어오시는 것 같아요."

* 마가복음 9장 36절과 마태복음 18장 2절의 내용.
** 검은색을 가리킨다. 죽은 꼬마 팀을 애도하며 검은색 상복을 만들고 있는 중이다.

마지막 유령

그들은 다시 아주 조용해졌다. 마침내 어머니가 말했다. 딱 한 번 말을 더듬기는 했지만 차분하고 활기찬 목소리로 말했다.

"난 알고 있단다… 너희 아빠가 꼬마 팀을 어깨에 태우면 아주 빠른 걸음으로 들어오셨는걸."

"저도 알고 있어요." 피터가 소리쳤다. "자주 봤어요."

"저도요." 다른 아이가 소리쳤다. 모두가 알고 있었다.

"어깨에 태워도 그 애는 무척 가벼웠지." 그녀가 일에 열중하며 다시 말했다. "그리고 너희 아빠는 그 애를 너무 사랑해서 어깨에 태워도 힘이 하나도 안 드셨어— 하나도. 아빠 오셨구나!"

그녀는 서둘러 남편을 맞이하러 갔다. 키가 작은 봅은 목도리—가엾은 친구, 그에게 정말로 필요한 것이었다—를 목에 두르고 안으로 들어왔다. 난로 옆 선반 위에 그가 마실 차가 준비되어 있었고, 모두들 아빠의 저녁 식사 시중을 들었다. 그러자 두 어린 크래칫이 그의 무릎에 올라앉아 '아빠, 걱정하지 마세요. 슬퍼하지 마세요!'라는 말이라도 하려는 듯 각자의 작은 뺨을 아빠 뺨에 비볐다.

봅은 아이들을 무척 쾌활하게 대했고 온 가족에게 즐겁게 이야기했다. 테이블 위에 놓인 바느질감을 보고 아내와 딸들

크리스마스 캐럴

의 부지런함과 속도를 칭찬했다. 그리고 일요일 훨씬 이전에 끝낼 수 있겠다고 말했다.

"일요일이라고요! 오늘 가보셨군요, 로버트?" 아내가 말했다.

"그래, 여보." 봅이 대답했다. "당신도 함께 갔으면 좋았을 걸. 그곳이 얼마나 푸른 곳인지 당신도 한번 봤더라면 마음이 놓였을 텐데. 하지만 자주 가보게 될 거요. 일요일마다 그곳에 가겠다고 그 애한테 약속했으니까. 우리 작은 꼬마 녀석!" 봅이 울먹이며 말했다. "우리 작은 꼬마 녀석!"

그는 감정을 주체할 수 없었다. 어쩔 수 없었다. 만일 참을 수 있었다면, 그것은 부모 자식 간의 정이 아마 잊혀져 가기 때문일 것이다.

그는 거실에서 나와 2층 방으로 올라갔다. 그 방에는 불이 환하게 밝혀져 있었고, 크리스마스 장식이 달려 있었다. 아이 곁에 의자 하나가 놓여 있었다. 조금 전에 누군가가 거기에 앉았던 흔적이 있었다. 가엾은 봅은 거기에 앉아 잠시 생각에 잠긴 후 안정을 찾고서 어린아이의 얼굴에 입을 맞추었다. 그러곤 이미 일어난 일을 담담히 받아들이고 다시 유쾌한 기분이 되어 아래로 내려갔다.

그들은 난로 옆에 앉아 이야기를 나누었다. 딸들과 어머니

마지막 유령

는 계속 바느질을 하고 있었다. 봅은 스크루지의 조카가 매우 친절한 사람이라고 말했다. 그전에 한 번밖에 본 적이 없었는데, 그날 길에서 자신을 만나 얼굴이 약간 어두워져 있는 걸 보고는—"당신도 알다시피 그저 조금 우울해 있었지." 봅이 말했다— 왜 그리 상심해 보이느냐고 물었다는 것이다. "그렇게 다정하게 말해 주는 신사분은 처음이었어. 그래서 내가 사정을 말해 주었더니, '정말 안됐습니다! 크래칫 씨,' 그분이 말했어. '부인께서도 상심이 이만저만이 아니시겠습니다.' 그러곤 헤어졌지. 그런데 그분이 **그걸** 어떻게 알아냈는지 모르겠어."

"그걸 알아내다니요, 여보?"

"아니, 당신이 훌륭한 아내라는 거." 봅이 대답했다.

"모두 다 알고 있어요." 피터가 말했다.

"네 말이 백번 맞다, 애야!" 봅이 흐느끼며 말했다. "사람들이 그렇게 알아주면 좋겠구나. '부인께서도 상심이 이만저만이 아니시겠습니다. 제가 도울 일이라도 있으면,' 명함을 주면서 그분이 말했단다. '제 주소입니다. 언제든지 찾아오세요.' 그건 말이야," 봅이 말했다. "그분이 우리에게 어떤 도움이 될지도 모른다는 것 때문이 아니고, 그분이 친절해서 정말 고마웠어. 우리 꼬마 팀을 알고 있는 사람처럼 우리를 걱정해 주

크리스마스 캐럴

셨어."

"정말로 좋은 분이네요." 크래칫 부인이 말했다.

"당신도 확신할 거야, 여보." 봅이 대답했다. "그를 만나 이야기해 보면 말이지. 내 말 잘 들어. 그분이 우리 피터에게 더 좋은 일자리를 구해 준다 해도, 조금도 놀라지 않을 거야."

"잘 들어라, 피터야." 크래칫 부인이 말했다.

"그러면," 딸 중에서 하나가 말했다. "피터는 누굴 만나서 새 살림을 차리겠네요."

"허튼소리 그만해!" 피터가 활짝 웃으며 응수했다.

"조만간에 장가를 가게 될지도 모르지." 봅이 말했다. "기회는 얼마든지 있지만, 여보. 우리들이 언제 어떻게 서로 떨어져 살더라도, 우리 식구 중 가엾은 꼬마 팀을, 우리 집에서 일어난 첫 이별을 잊을 사람은 아무도 없겠지. 아무도 없을 거야."

"절대로요, 아빠!" 아이들이 모두 소리쳤다.

"그리고 난 알아." 봅이 말했다. "얘들아, 작고 작은 아이였지만, 걔가 얼마나 참을성 많고 얼마나 온순한 아이였는지를 생각하면, 우리는 이 집에서 함부로 다투는 일도 없을 것이고, 그렇더라도 가엾은 꼬마 팀을 잊어버리지 않을 거야."

"절대로 안 잊겠어요, 아빠!" 그들은 다 같이 다시 소리쳤다.

"무척 기쁘구나." 왜소한 봅이 말했다. "정말로 행복해!"

크래칫 부인이 그에게 키스를 하고, 딸들은 그에게 뽀뽀를 하고, 어린 두 크래칫도 그에게 뽀뽀를 하고, 피터는 아빠와 악수를 했다. 꼬마 팀의 영혼이여, 그대 어린 영혼은 하나님에 게서 왔구나.

"유령님," 스크루지가 말했다. "이제 우리가 헤어질 시간이 왔다고 느껴지는군요. 헤어진다는 건 알겠지만, 어떻게 헤어 질지는 모르겠습니다. 그러니 아까 본 그 시신은 누군지 말해 주세요."

그러나 미래의 유령은 그를 전과 똑같이—스크루지는 그들 이 다른 시간대에 있다고 생각했는데 실제로, 마지막으로 본 환상들은 미래의 시간대에 속해 있을 뿐 시간적 순서는 없어 보였다— 사업가들이 모이는 곳으로 데리고 갔을 뿐, 스크루 지 자신의 모습은 보여 주지 않았다. 정말로, 유령은 어디에서 도 멈추지 않고 원하는 목적지를 향해 줄곧 걸어갔다. 마침내 스크루지가 잠깐 쉬다 가자고 간청했다.

"이 골목은," 스크루지가 말했다. "우리가 급히 지나온 이 골 목은 내 사업체가 있는 곳입니다. 이곳에서 오랜 세월 동안 장 사를 했어요. 집이 보이네요. 내가 미래에 어떻게 될지 보여 주시오."

유령은 발을 멈추었다. 그의 손은 엉뚱한 곳을 가리키고 있었다.

"집은 저쪽인데," 스크루지가 소리를 질렀다. "왜 다른 곳을 가리키는 것이오?"

유령의 냉혹한 손가락은 꼼짝 않고 있었다.

스크루지는 자기 사무실 창문으로 달려가 안을 들여다보았다. 사무실은 맞는데, 자기 사무실이 아니었다. 가구도 같지 않았고, 의자에 앉아 있는 사람도 자신이 아니었다. 유령은 계속 같은 방향을 가리키고 있었다.

스크루지는 다시 유령에게로 와 무엇 때문에 어디로 가는지 궁금해하면서 유령 뒤를 따라가 어느 철문 앞에 도착했다. 그는 들어가기 전에 잠시 멈추어서 주변을 살펴보았다.

교회 묘지였다. 그럼 이곳이구나. 이제야 그 이름을 알 수밖에 없는 가련한 사람이 땅 밑에 누워 있었다. 참으로 훌륭한 장소였다. 집들로 둘러싸여 있었고 무성하게 자라고 있는 풀과 잡초들은 생명이 아닌 죽음을 먹고 자라고 있었는데, 너무 많은 사람들이 매장되어 있어 숨이 막힐 정도였으며 엄청난 식욕으로 살이 쪄 있었다. 대단한 장소였다.

유령은 무덤 가운에 서서 무덤 하나를 가리켰다. 스크루지는 벌벌 떨면서 그곳으로 걸어갔다. 유령은 예전과 똑같았지

마지막 유령

만, 그의 엄숙한 모습에서 새로운 의미가 있음을 알고 스크루
지는 공포에 떨었다.

"유령님이 가리키는 비석에 가까이 가보기 전에," 스크루지
가 말했다. "한 가지 질문이 있는데 답해 주시오. 이것들은 미
래에 반드시 일어날 일들의 환영인가요, 아니면 단순히 일어
날지도 모르는 일들의 환영인가요?"

유령은 꼼짝도 하지 않고 자기가 서 있는 옆의 무덤을 가리
킬 뿐이었다.

"인생의 여정은 끈기 있게 꾸준히 나아간다면, 필연적으로
이어지게 되는 목적지를 미리 예견할 수 있는 것이오." 스크루
지가 말했다. "그러나 그 여정의 길에서 벗어난다면, 목적지도
달라질 것이지요. 유령님이 나한테 가르쳐 주려는 것이 바로
그런 것이라고 말해 주십시오."

유령은 아까와 마찬가지로 미동도 하지 않고 서 있었다.

스크루지는 그 무덤 쪽으로 벌벌 떨면서 기어가 유령의 손
가락이 가리키는 곳으로 눈을 돌려 버려진 무덤의 비석에 쓰
인 **에브니저 스크루지**라는 자신의 이름을 읽었다.

"침대에 누워 있었던 사람이 바로 나였나요?" 그는 무릎을
꿇고 울부짖었다.

무덤을 가리키고 있던 손가락이 스크루지를 가리켰고 다

크리스마스 캐럴

시 무덤을 가리켰다.

"안 돼요, 유령님! 오 안 돼요, 안 돼!"

손가락은 여전히 같은 곳을 가리키고 있었다.

"유령님!" 스크루지가 유령의 옷자락을 움켜잡으며 울부짖었다. "내 말을 들어 보세요. 난 이제 과거의 내가 아니오. 유령님과의 만남이 없었더라면 예전처럼 살았겠지만 이젠 그런 인간이 되지 않을 겁니다. 내가 가망이 없다면 왜 내게 이런 것을 보여 준단 말이오."

유령의 손이 처음으로 흔들거리는 것 같았다.

"자비로우신 유령님," 그는 유령 앞쪽 땅에 쓰러져 계속 말을 이었다. "유령님의 훌륭하신 성품으로 저를 돌보아 주시고, 저를 불쌍히 여겨 주십시오. 제가 달라진 삶을 산다면, 저에게 보여 준 이 그림자들을 바꿀 수 있다고 제발 확답해 주시오."

그 친절한 손은 떨고 있었다.

"저는 크리스마스를 가슴 깊이 축하할 것이고, 1년 내내 그것을 간직하겠습니다. 저는 과거, 현재, 미래에서 느낀 그런 삶을 살도록 하겠습니다. 세 유령님이 제 안에서 힘써 주실 것입니다. 저는 세 유령님이 가르쳐 주신 교훈을 저버리지 않겠습니다. 오, 저 비석 위에 있는 제 이름을 지워 버릴 수 있다

155

고 말해 주십시오."

극도의 괴로움에 사로잡혀 그는 유령의 손을 잡았다. 유령은 그의 손을 뿌리치려 했지만, 그의 간청이 너무나 강력한 탓에 그의 손에 붙잡혀 버렸다. 하지만 유령의 손이 더 강한지라 그의 손을 뿌리쳤다.

스크루지는 자신의 운명을 바꿔 보고자 두 손을 치켜들고 마지막 기도를 하려고 할 때, 유령의 두건과 옷에 어떤 변화가 있는 것을 보았다. 그것은 오그라들고, 꺼지고, 줄어들더니 결국 침대 기둥이 되어 버렸다.

5절
이야기의 끝

맞다! 그것은 그 자신의 침대 기둥이었다. 침대도 그의 것이었고, 방도 그의 것이었다. 무엇보다 가장 기분 좋은 것은 변화된 삶을 살기 위한 시간이 자기 앞에 남아 있다는 것이었다.

"나는 내가 느낀 과거, 현재, 미래의 삶을 살겠어!" 스크루지는 침대에서 기어 나오며 거듭 말했다. "세 유령이 내 안에서 힘써 주실 거야. 오, 제이콥 말리! 회개를 위해 하느님과 크리스마스 날을 축복하소서. 내가 무릎을 꿇고 말하네, 제이콥 영감, 무릎을 꿇고서!"

그는 진심 어린 생각으로 가슴이 설레고 얼마나 흥분이 되었던지 목소리가 갈라져 나와 누가 그를 불러도 대답을 제대로 하지 못했을 것이다. 그는 아까 유령에게 대들었을 때 격렬하게 흐느껴 울어서 그의 얼굴은 아직 눈물에 젖어 있었다.

"찢겨 나가지 않았구나!" 스크루지가 침대 커튼 한 자락을 두 팔로 껴안으며 소리쳤다. "찢겨 나가지 않았어, 고리도 그대로야. 이곳에 그대로 있어… 나도 여기 있고… 일어날지도 모르는 일들의 그림자들을 쫓아 버려야겠어. 그렇게 될 거야. 난 알아. 분명히 그렇게 될 거야."

그러는 동안 그는 옷을 입느라 허둥지둥했다. 뒤집어 입고, 거꾸로 입고, 찢어 놓고, 잘못 던져 놓질 않나 온갖 난리법석을 떨었다.

"어떻게 하지!" 스크루지는 웃다가 울다가 하면서 그만 양말에 몸이 감겨 라오콘*처럼 되어 버렸다. 그는 소리쳤다. "나는 깃털처럼 가볍고, 천사만큼 행복하고, 어린 학생처럼 유쾌하도다. 나는 술 취한 사람처럼 들떠 있다. 모든 사람들이여, 메리 크리스마스! 온 세상 사람들에게 행복한 새해가 되길! 어이, 여기요! 와! 안녕하세요!"

그는 거실로 즐겁게 뛰어 들어가 숨을 헐떡이며 거기에 서 있었다.

---

* Laocoon : 그리스신화에 등장하는 태양신 아폴로의 사제. 트로이전쟁에서 그리스군의 목마의 계략을 알아차렸기 때문에 아테나 여신이 보낸 두 마리의 바다뱀에 감겨 죽었다.

"죽 냄비도 그대로 있군!" 스크루지가 다시 벽난로 주위를 뛰어다니며 소리쳤다. "제이콥 말리의 유령이 들어온 문이 저 기 있군. 저 구석엔 현재의 크리스마스 유령이 앉아 있었지. 저 창문에서 내가 서성거리는 유령들을 봤고 말이야. 모두 다 그대로야. 다 사실이야. 모두 다 일어났던 일들이고. 하하하!"

정말로, 너무나 여러 해 동안 웃어 보지 못했던 사람에게 이것은 놀라운 웃음, 가장 빛나는 웃음이었다. 오랫동안 계속 될 멋있는 웃음의 아버지였다.

"오늘이 며칠인지 모르겠네." 스크루지가 말했다. "유령하 고 얼마나 오래 돌아다녔는지 모르겠어. 전혀 모르겠어. 갓난 아기가 된 기분이야. 걱정하지 마. 상관없어. 아기처럼 지내지 뭐. 어이! 와! 안녕하세요, 여기요!"

여태 한 번도 들어 보지 못했던 활기찬 교회 종소리가 들 려와 그의 황홀한 상태가 중단되었다. 땡, 쨍그랑, 댕! 딩, 동, 벨! 벨, 동, 딩! 댕, 쨍그랑, 땡! 오, 영광스러워, 영광스러워!

그는 달려가 창문을 열고 머리를 밖으로 내밀었다. 안개도 흐릿함도 사라지고, 깨끗하고 밝고 유쾌하고 신나고 차가운 날씨였다. 몸속의 피도 그 곡조에 맞춰 춤추게 할 만큼 바람 이 소리 내어 쌩쌩 불고 있었다. 금빛 같은 햇살, 천국의 하늘, 달콤하고 상쾌한 공기, 즐거운 종소리, 오, 영광스러워. 영광스

159

이야기의 끝

럽도다!

"오늘이 무슨 날이지?" 스크루지는 나들이옷을 차려입고 스크루지 주위를 어정거리며 둘러보고 있던 한 소년을 내려다보며 소리쳤다.

"네?" 소년이 한껏 놀라며 대답했다.

"오늘이 무슨 날이냐고, 우리 멋진 친구?" 스크루지가 말했다.

"오늘요?" 소년이 대꾸했다. "왜요, **크리스마스**잖아요."

"크리스마스!" 스크루지가 혼잣말을 했다. "아직 지나가지 않았구나. 유령들이 하룻밤 사이에 이 모든 것들을 다 보여주었어. 그자들은 하고 싶은 대로 다 할 수 있어. 물론 그렇지. 물론 그래. 어이, 우리 멋진 친구!"

"안녕하세요!" 소년이 화답했다.

"너 이 길 말고 그다음 거리 모퉁이에 있는 가금류 고기 상점 아니?" 스크루지가 물었다.

"알 것 같은데요." 소년이 대답했다.

"똑똑한 아이구나!" 스크루지가 말했다. "놀라운 아이야! 그곳에 매달려 있는 최고급 칠면조 고기가 팔렸는지 알고 있니? 작은 것 말고 최고로 큰 것 말이야."

"뭐라고요, 나만큼 큰 것 말예요?" 소년이 대꾸했다.

크리스마스 캐럴

"참 재미나는 아이야!" 스크루지가 말했다. "저 녀석하고 이야기하니 재미있군. 그래, 멋쟁이 소년."

"아직 거기에 걸려 있어요." 소년이 말했다.

"그래?" 스크루지가 말했다. "가서 좀 사 오거라."

"설—마요!" 소년이 소리쳤다.

"아니, 아니야." 스크루지가 말했다. "정말이야. 가서 좀 사 줘. 그리고 이리로 배달해 달라고 말해. 그럼 내가 보낼 곳을 알려 줄 테니. 배달할 사람을 데리고 오면 너에게 1실링을 주마. 5분 안에 데리고 오면 반 크라운을 주겠다."

소년은 총알같이 뛰어갔다. 누가 총의 방아쇠를 당겨 총알을 그 소년의 반만큼만 빠르게 날렸더라도 그는 솜씨가 좋았을 것이다.

"밥 크래칫에게 보내야겠어!" 스크루지가 두 손을 비비고 배가 아프도록 웃으며 중얼거렸다. "누가 보냈는지 모르게 말이야. 꼬마 팀보다 두 배나 더 큰 것일 거야. 조 밀러*도 밥에게 그런 걸 보내겠다는 농담조차 못 했지!"

밥의 주소를 적고 있는 그의 손은 떨고 있었지만, 아무튼 다 적었다. 그리고 가금류 고기 상점의 상인이 들어오도록 하

* Joe Miller(1864-1738) : 영국의 희극배우. 특별히 큰 웃음을 주지 못했다는 평가를 받고 있어 그의 이름은 '진부한 농담'의 의미로 쓰인다.

이야기의 끝

기 위해 아래층으로 내려가 현관문을 열어 놓았다. 상인이 도착하기를 기다리며 그곳에 서 있었을 때, 그의 눈에 노커가 들어왔다.

"내가 살아 있는 한 이 노커를 소중히 해야겠어!" 스크루지가 그것을 손으로 가볍게 두드리며 소리쳤다. "난 이제껏 이것을 쳐다보지도 않았어. 얼굴 표정이 정말로 정직해 보여. 멋진 노커야— 칠면조가 왔네. 어이! 와! 안녕하시우? 메리 크리스마스!"

칠면조 고기**였다.** 저렇게 큰 걸 보니 절대 두 다리로 서 있을 수 없었을 거야. 서려고 해도 1분도 안 되어 두 다리가 밀랍 양초 막대기처럼 툭 부러졌을걸.

"이런, 이걸 캠든타운까지 가져갈 수 있을까." 스크루지가 말했다. "마차를 타고 가야겠어."

그는 이렇게 말하면서 껄껄 웃었고, 칠면조 값을 치를 때도, 마차 삯을 낼 때도, 소년에게 심부름 값을 줄 때도 껄껄 웃었다. 그는 숨이 넘어갈 정도로 껄껄 웃더니 그만 의자에 다시 주저앉아, 결국 눈물이 날 정도까지 큰 소리로 웃어 댔다.

그의 손이 몹시도 계속 떨렸기 때문에 면도하는 것도 쉽지 않았다. 면도할 때 춤은 추지 않더라도 집중은 해야 하는 것이다. 하지만 면도하다가 코끝이 베였다 해도 그 위에 반창고

크리스마스 캐럴

하나만 붙이면 그만일 것이다. 그것으로 만족했을 것이다.

그는 최고급 옷으로 갈아입고 마침내 거리로 나섰다. 사람들이 거리로 쏟아져 나오고 있었다. 그가 현재의 크리스마스 유령과 함께 보았던 그대로의 모습이었다. 스크루지는 뒷짐을 지고 걸어가면서 환한 미소를 지으며 모든 사람들을 바라보았다. 한마디로 그는 주체할 수 없을 정도로 즐거운 표정을 짓고 있어, 서너 명의 쾌활한 친구들이 그에게 인사를 했다. "안녕하세요, 선생님. 즐거운 성탄절 되세요." 스크루지는 그가 받았던 즐거운 인사말 중에 이때만큼 그의 귀를 즐겁게 해준 적은 없었노라고 후에 자주 말하곤 했다.

그는 멀리 가지 않아 통통한 신사가 자기 쪽으로 걸어오는 게 보였다. 그 신사는 그 전날 그의 사무실로 걸어 들어와 "스크루지와 말리 상점이지요?"라고 물었던 그 사람이었다. 그들이 서로 만났을 때 그 노신사가 자신을 어떻게 바라볼까 생각하니 스크루지는 비통한 심정이 들었다. 하지만 자기 앞에 어떤 길이 똑바로 펼쳐져 있는지 알고 있었으므로 그 길로 곧장 갔다.

"여보시오, 선생님." 스크루지가 발걸음을 재촉해 그 노신사의 두 손을 덥석 잡고 말했다. "안녕하십니까. 어제는 성과가 좋았겠죠. 정말로 친절하셨는데요. 선생님을 위해 메리 크리

163

스마스!"

"스크루지 씨?"

"예!" 스크루지가 말했다. "제 이름이 맞고요. 선생님한테 별로 유쾌하지 않을 이름이겠지만. 허락하신다면 사과를 드리겠습니다. 그리고 저 부탁이 좀 있습니다만."……여기서 스크루지는 노신사의 귀에 대고 뭔가를 속삭였다.

"오, 세상에!" 신사가 숨이 넘어갈 듯이 소리쳤다. "친애하는 스크루지 씨, 그게 정말이십니까?"

"괜찮으시다면," 스크루지가 말했다. "한 푼도 빼지 않겠습니다. 오랫동안 밀린 상당한 액수도 거기에 다 포함되어 있습니다. 믿으셔도 좋습니다. 내 호의를 받아 주시겠습니까?"

"친애하는 선생님," 노신사는 그와 악수를 하며 말했다. "뭐라고 말씀드려야 될지 모르겠습니다. 이렇게 큰……"

"아무 말씀 하지 마십시오." 스크루지가 대답했다. "저를 찾아오시기 바랍니다. 꼭 찾아오실 거죠?"

"물론이죠!" 노신사가 소리쳤다. 그리고 그는 분명히 찾아갈 것이다.

"감사합니다." 스크루지가 말했다. "정말로 고맙습니다. 열두 번이라도 넘게 감사드립니다. 복 많이 받으십시오!"

스크루지는 교회로 갔다가 다시 거리를 돌아다니며 사람

들이 바삐 오가는 모습을 지켜보았고, 아이들의 머리를 쓰다
듬어 주었으며, 거지에게 말을 걸었고, 집집마다 부엌을 들여
다보고 창문을 올려다보며 모든 것들이 그에게 즐거움을 줄
수 있다는 것을 발견했다. 그는 산책—무엇이든지—이 그에게
이렇게 큰 즐거움을 가져다줄 수 있다고는 꿈에도 생각지 못
했었다. 오후에 그는 조카 집으로 발걸음을 옮겼다.

그는 용기가 나지 않아 조카 집 문 앞에서 열두 번이나 왔
다 갔다 했다. 그러다 용기를 내 문을 향해 돌진해 문을 두드
렸다.

"주인아저씨 계시느냐, 귀여운 꼬마 아가씨?" 스크루지가
하녀에게 물었다. 상냥한 하녀였다. 매우.

"예, 선생님."

"어디 계시지, 꼬마 아가씨?" 스크루지가 말했다.

"아주머니와 함께 식당에 계세요, 선생님. 괜찮으시면 2층
으로 안내해 드리죠."

"고맙구나. 주인아저씨와 난 아는 사이야." 스크루지가 한
손을 식당 문의 손잡이를 잡으며 말했다. "난 이리로 들어갈
게, 꼬마 아가씨."

스크루지는 손잡이를 부드럽게 돌려 얼굴을 문 안으로 비
스듬히 밀어 넣었다. 그들 부부는 식탁을 바라보고 있었다(식

탁 위에는 음식이 잘 차려져 있었다). 젊은 주부들은 이런 일에 늘 신경을 써 모든 것을 제대로 해 놓은 것을 보고 싶어 하기 때문이다.

"프레드!" 스크루지가 말했다.

깜짝 놀랄 일이었다. 그의 조카며느리가 얼마나 놀랐을까! 스크루지는 그녀가 발판 위에 발을 올려놓고 구석에 앉아 있는 걸 잠깐 잊었었다. 아니면 스크루지는 절대 그들을 그렇게 놀라게 하지 않았을 것이다.

"세상이 이런 일이!" 프레드가 소리쳤다. "이게 누구십니까?"

"나야. 너의 당숙 스크루지. 저녁이나 같이 먹을까 하고 왔어. 들어가도 되겠나, 프레드?"

들어가도 되겠느냐고요! 당숙의 팔이 떨어져 나가지 않은 게 다행이었다. 5분쯤 지나자 스크루지는 마음이 편안해졌다. 이보다 더 진심일 수는 없었다. 조카며느리도 똑같은 모습이었다. **토퍼**가 식당으로 들어왔을 때 그 모습은 똑같았고 통통한 **처제**도 들어왔을 때 똑같았다. **모든 사람들**이 똑같았다. 멋진 파티, 멋진 놀이, 멋진 단합, 멋―진 행복이었다!

그러나 스크루지는 다음 날 아침 일찍 사무실에 나가 있었다. 오, 너무 이른 시간이었다. 그가 먼저 출근해서 뒤늦게 오

크리스마스 캐럴

는 봅 크래칫을 잡을 수 있다면! 그것이 그가 생각하고 있던 바였다.

그리고 그는 그렇게 했다. 정말 그렇게 했다. 시계가 9시를 쳤다. 봅은 아직 오지 않았다. 15분이 지났다. 그래도 봅은 나타나지 않았다. 봅은 18분하고 30초나 지각했다. 스크루지는 그가 구석진 방 안으로 들어오는 것을 보기 위해 문을 활짝 열어 놓고 앉아 있었다.

봅이 문을 열기 전에 모자와 목도리를 벗었다. 그러고는 즉시 의자에 앉더니 9시까지 출근하지 못한 것을 만회라도 하려는 듯 펜을 부지런히 움직였다.

"이보게." 스크루지는 최대한 꾸며서 예전과 같은 목소리로 통명스럽게 말했다. "이 시간에 출근하다니 어쩌자는 거지?"

"죄송합니다, 사장님." 봅이 말했다. "제가 **좀** 늦었습니다."

"좀 늦었다고?" 스크루지가 따라 말했다. "그래, 좀 늦었군. 괜찮다면 이리 좀 오게."

"1년에 딱 한 번 늦었는데요, 사장님." 봅이 구석진 사무실에서 나오며 애원하듯 말했다. "다신 늦지 않을게요. 어제 너무 신나게 놀아서요, 사장님."

"이제 말하겠는데, 이 친구야." 스크루지가 말했다. "이젠 이런 일에 더 이상 참을 수 없어. 그래서 말인데." 그는 의자에서

167

뛰어올라 봅의 조끼를 쿡 찌르고선 계속 말을 이었다. 봅은 비틀거리며 구석진 방 안으로 뒷걸음쳤다. "그래서 자네의 봉급을 올려줄 참이야."

봅은 벌벌 떨며 자가 있는 쪽으로 조금 다가갔다. 그는 자로 스크루지를 때려눕혀 붙잡고 골목 안 사람들에게 여기 미치광이가 있으니 구속복을 가져오라고 소리를 지를까 하는 생각이 불현듯 떠올랐다.

"메리 크리스마스, 봅." 스크루지가 봅의 등을 두드리며 진지하게 말했다. 실수로 한 말이 분명 아니었다. "내가 여러 해 동안 자네에게 해왔던 것보다 더 즐거운 크리스마스일세, 내 착한 친구, 봅. 내가 자네 봉급도 올려주고 어려운 자네 가족도 돕겠네. 그러니 바로 오늘 오후에 큼지막한 크리스마스 잔에 김이 나는 주교님 포도주*를 들면서 자네 사정에 대해 의논해 보세, 봅. 불을 피우게, 그리고 빨리 가서 석탄 통 하나 더 사 오게, 봅 크래칫!"

스크루지는 약속한 것 이상을 했다. 그는 이 모두를 실천에 옮겼고, 그보다 더 많은 것을 했다. 죽지 않고 살아 있는 꼬마 팀에게는 두 번째 아버지가 되어 주었다. 그는 이 오래된 좋은

* 멀드 와인을 가리킨다. 주교가 입는 가운 색깔(짙붉은 색)과 비슷해서 이런 이름이 붙여졌다.

크리스마스 캐럴

도시, 아니 이 좋은 세상의 그 어떤 오래된 좋은 도시나, 읍이나, 촌락에서도 본 적이 없는 좋은 친구이자, 좋은 주인이자, 좋은 사람이 되었다. 어떤 사람들은 그가 변한 것을 두고 비웃기도 했지만 그는 그들이 웃으라고 내버려 두고 신경 쓰지 않았다. 그는 이 세상에 어떤 좋은 일이 벌어지면 처음에는 누군가의 비웃음거리가 된다는 사실을 알 만큼 슬기로운 사람이 되었기 때문이다. 그리고 아무튼 그런 자들은 눈먼 사람들이라는 걸 알고 있기에, 그는 질병에 걸려 추악한 모습을 띠는 것보다는 비웃음으로 눈가에 주름이 잡히는 것이 그래도 더 낫다는 생각이 들었다. 그는 속으로 웃어넘겼고, 그것만으로 충분했다.

스크루지는 더 이상 유령들을 만난 적은 없었지만, 그 후로 절대적 금욕주의 원칙을 지키며 살았다. 만일 살아 있는 사람 가운데 크리스마스 이야기를 할 때면, 스크루지야말로 이 세상에서 크리스마스를 가장 잘 보낼 줄 아는 사람이라고 언제나 말해 왔다. 이런 말이 우리에게도 진실로 해당되기를, 우리 모두에게! 그리고 꼬마 팀의 말대로, 하나님, 우리 모두에게 축복을 내려 주시길 빕니다!

〈끝〉

이야기의 끝

『크리스마스 캐럴』과 크리스마스 철학

학교교육을 받은 사람치고 '스크루지Scrooge'를 모르는 사람이 있을까. 그를 생각하면 구두쇠라는 묘한 이미지가 그려지고 쇠사슬을 몸에 두른 유령이 눈앞에 어른거린다. '스크루지'라는 이름은 가히 셰익스피어의 '햄릿', 다니엘 디포의 '로빈슨 크루소', 조지 오웰의 '빅 브라더'를 능가할 정도로 아이부터 성인에 이르기까지 모든 사람들에게 익숙해져 있는 인물이다. 심지어 Scrooge라는 인명이 사전에서 '구두쇠', '수전노'라는 뜻을 지닌 명사가 되었을 정도이니 말이다. 이렇게 스크루지가 우리들의 머리에 각인되어 있고 사전에 등재되어 있는 까닭은 19세기 영국의 위대한 리얼리스트인 찰스 디킨스가 1843년에 발표한 『크리스마스 캐럴』 때문이다.

『크리스마스 캐럴』은 디킨스가 살았던 산업혁명과 도시화의 혼란스러운 시기에 그때까지 종교적인 날에 불과했던 크리스마스를 서로 화해하고 용서하고 가진 자들이 가난한 자들을 도와주는 사회적 진보에 대한 나눔의 철학을 실현했다는 점에서, 그리고 그러한 크리스마스 가치를 현대화해 오늘날까지 크리스마스 철학 전통이 이어져 내려오게 한 계기를 만들었다는 점에서, 크리스마스를 다룬 가장 위대한 작품으로 평가를 받고 있다. 스크루지의 5촌 조카가 말하는 "메리 크리스마스"라는 말에 잘 함축되어 있는 디킨스의 크리스마스 철학은 빅토리아시대 전체에 영향을 주었을 뿐 아니라 오늘날까지 전 세계적으로 크리스마스 시즌이 되면 가족, 사랑하는 연인들, 친구들과 함께 시간을 보내고 크리스마스 카드를 주고받고(요즈음 우리나라에서는 뜸하지만) 캐럴과 구세군의 종소리가 울리는 화합과 나눔의 시간이 되도록 하는 데 절대적 영향을 미쳤다. 『크리스마스 캐럴』은 우리나라에 1950년대에 최초로 번역되었는데 디킨스의 작품 중에서도 가장 먼저 우리나라에 소개되었으며 이후 디킨스 작품 중 가장 많이 읽히는 작품이 되었다.

『크리스마스 캐럴』의 대체적인 줄거리는 크리스마스이브에 속된 말로 찔러도 피 한 방울 나지 않는 주인공인 천하의 구두쇠 스크루지 영감이 옛 동업자인 말리의 망령과 과거, 현재, 미래의 세 유령의 방문을 차례로 받고, 이들과 함께 스크루지 자신의 과거, 현재, 미래의 모습과 크리스마스 풍경, 그리고 민중의 삶의 모습을 관찰하면서, 서서히 냉혹하고 이기적인 삶을 반성하고 개과천선한다는 내용이다. 그리고 이튿날인 크리스마스 아침에 착한 부자가 되어 사랑과 자선을 실천하면서 끝을 맺는다. 이렇게 스크루지가 세 유령의 도움을 받고서 크리스마스 정신을 회복하는 것이 이 소설의 중심 서사이다. 그리고 이 중심 서사를 뒷받침하는 하위 서사가 있는데, 그것은 노동자 계급 가족의 가족애를 묘사하고 있는 가족 서사이다. 가족 서사로는 스크루지 상점의 서기인 밥 크래칫 가족, 스크루지의 5촌 조카 프레드 가족, 어린 스크루지와 4촌 여동생으로 대표되는 스크루지 가족, 그리고 스크루지의 옛 아내의 현재 가족에 관한 이야기가 중심 서사를 둘러싸 스토리를 이끌어 가고 있다.

먼저 주인공 스크루지에 대해 알아보자. 그를 가리켜 "아무리 더워도 더위를 느끼지 않았고, 아무리 추워도 떨지 않았다. 휘몰아치는 바람도 그보다 더 지독하지 않았고, 퍼붓는 눈도 그보다 더 무정하지 않았고, 쏟아져 내리는 폭우도 그보다 더 매정하진 않았다"라고 디킨스가 좀 과도하게 묘사하고 있지만, 그는 19세기 속물적인 중산계급의 전형적 인간이라 해도 과언이 아니다. 리얼리즘 문학에서 어떤 특정한 사회의 성격과 내부적 모순을 가장 잘 드러내 보여 주는 대표적인 성격들이 소설 속에 잘 반영된 경

173

우를 우리는 문학의 '전형성'이 있다고 말하고, 그러한 주인공을 전형적 주인공이라 칭한다.

그러면 19세기 전반기에 스크루지와 같은 전형적 인간이 왜 생겨났는지 당대의 사회·경제적 맥락에서 살펴보도록 하자. 이 소설이 쓰인 1840년대 영국의 정치·경제·사회 전반을 지배하고 있던 철학은 '최대 다수의 최대 행복' 실현을 윤리적 행위의 목적으로 삼던 공리주의와 애덤 스미스의 국부론을 바탕으로 국가는 개인의 사회적 자유와 경제활동에 간섭해서는 안 된다고 하는 자유방임주의였다. 공리주의자들은 행복을 계량화하여 '가능한 한 많은 사람이 느끼는 행복'이 중요하기 때문에 다수에게 이익이 된다면 개인에게 희생을 강요할 수 있다고 본다. 희생된 자들은 계량화된 행복의 계산에서 제외되어 버려지게 된다. 이러한 공리주의와 자유방임주의에 매몰되어, 부를 획득해 성공을 거둔 사람은 '신사'가 되어 속물적 삶을 살아 나가고 거기에서 제외된 사람들은 사회적으로 억압받고 경제적으로 곤궁한 삶을 사는 것이다.

스크루지는 바로 이러한 이윤 추구와 자본 축적을 제1목표로 삼은, 당대 중산계층의 속물적 인간의 전형이다. 크리스마스 성금을 모금하기 위해 스크루지 상점을 방문한 신사와 스크루지와의 대화에서 우리는 그것을 읽을 수 있다. 스크루지는 가난한 사람들은 구빈원이나 감옥에 보내면 되고 그런 사람들은 게을러빠진

크리스마스 캐럴

잉여 인구일 뿐이라고 일축하고 자기 일도 바쁜데 남의 일에 간섭할 여유가 없다는 등 토머스 칼라일이 말한 '금전 관계' 이외의 어떠한 인간관계도 형성하지 못하는 속물적 중산계급의 사고를 드러낸다.

"지금 커다란 곤경을 겪고 있는 가난하고 어려운 사람들을 조금이나마 도와주신다면, 어느 때보다 더 바람직한 일이 될 것입니다." (…) "그럼 구빈원은?" (…) "그럼 죄수 강제 노역과 구빈법이 제대로 돌아가고 있다는 뜻이군요?" (…) "우리 몇 사람이 가난한 사람들에게 먹고 마실 것과 따뜻한 의복을 사줄 기금을 마련하기 위해 노력하는 중입니다. (…) "난 크리스마스 따위는 즐기지 않소. 그리고 게으른 사람들을 즐겁게 해줄 경제적 여유도 없소. 난 아까 말한 그 제도들을 돕고 있소. 거기에 내는 돈도 만만치 않고. 먹고살기 힘든 사람들은 그곳으로 보내야 해요." (…) "죽겠다고 하면," 스크루지가 말했다. "죽는 편이 낫겠지요. 잉여 인구도 줄어들 테니. 게다가… 미안하지만… 그건 내 알 바 아니니까." (…) "사람들은 자기 일이나 잘하고 남의 일에는 간섭하지 않는 게 좋소. 난 내 일만 해도 바빠 죽겠소." (본문 pp. 20-23)

역자의 말

스크루지를 둘러싼 이러한 중심 서사에는 긍정적 이미지와 부정적 이미지가 동시에 존재하고 있다. 신사들의 복음주의와 스크루지의 공리주의 및 자유방임주의를 다룬 위 대목도 그렇고, 세 유령이 스크루지를 데리고 다니면서 크리스마스의 여러 풍경을 보여 주는 장면들에서도 크리스마스의 즐겁고 활기찬 이미지와 당대의 산업자본주의 사회의 부정적 이미지가 교묘하게 대비되어 있다. 크리스마스를 맞이하여 활기차고 들떠 있는 사람들의 모습과 각종 음식과 온갖 과일들이 진열된 상점, 분주한 거리 등 크리스마스의 풍성한 풍경들이 리얼리스틱하게 묘사되어 있다. 바구니에는 알밤과 배가 너무 많이 담겨 있어 마치 뇌졸중에라도 걸려 길가로 굴러떨어질 것만 같아 보였고, 선반에 놓인 불그스레한 스페인 양파들은 장난기 어린 눈빛으로 윙크를 던지기도 하고, 배와 사과도 늠름한 피라미드처럼 높이 쌓여 있었고, 포도송이는 사람들의 눈에 잘 띄게 갈고리에 매달려 있어 지나가는 행인들의 침을 흘리게 만들었고, 차와 커피 향기가 코를 즐겁게 했고, 설탕 조림 과일을 보고 지나가는 행인들이 구경하며 현기증을 느낄 정도였다. 크리스마스를 맞이하는 이러한 거리의 풍성한 풍경은 19세기 영국의 산업화의 물질적 풍요를 상징한다. 그렇지만 거리의 화려한 광경을 벗어나 골목길로 들어서면 상황은 달라진다. 더럽고 좁은 길에는 허름한 상점들이 늘어져 있고, 오물 구

크리스마스 캐럴

덩이 같은 골목길과 아치 길에는 더러운 냄새, 쓰레기, 범죄 등 추한 삶의 모습이 악취를 풍기고 있었다. 당시 런던의 템스강은 인간의 배설물을 포함한 각종 오염물질이 흘러들어 코를 막지 않고서는 지나갈 수 없었고, 강가에 있는 영국의회가 문을 닫을 정도였다고 한다. 디킨스는 산업화의 부정적 이미지로 런던의 환경오염을 이렇게 묘사한다.

하늘은 어두컴컴했으며 가까운 길들도 반쯤 얼어 버린 우중충한 안개로 질식할 것 같았다. 그중 좀더 무거운 안개 입자들이 수많은 검댕 속으로 떨어졌다. 그 광경은 마치 영국 전역의 모든 굴뚝들이 약속이나 한 듯, 죄다 불을 지펴 마음껏 불길을 내뿜어 재를 토해 내고 있는 것 같았다. (본문 p. 88)

그리고 스크루지와 그의 조카 프레드 사이의 대화에서 또한 공리주의에 기초한 '금전 관계'의 어두운 면과 디킨스의 크리스마스 철학의 밝은 면이 잘 대비되고 있다.

"외상으로 물건 사는 것만 빼놓고 너한테 크리스마스는 도대체 뭐냔 말이야. 나이만 한 살 더 먹지, 단 한 시간도 부자가 되어 보지 못하는 때가 아니냐." (본문 p. 16)

177

역자의 말

"친절하고, 너그럽고, 인자하고, 유쾌해지는 때죠. 1년의 긴 시간 중에서 남자, 여자 할 것 없이 모든 사람이 굳게 닫힌 마음의 문을 활짝 열어 놓고, 자기보다 못한 사람들을 다른 여행을 하는 별개의 사람으로 생각하지 않고 무덤을 향해 가는 여행의 진정한 동반자로 여기는 때가 오직 이때뿐이잖아요." (본문 p. 17)

『크리스마스 캐럴』에서 디킨스가 우리에게 전해 주는 진짜 메시지는 무엇일까? 한마디로 인간의 '행복'이란 과연 어디에서 오는 것인가로 요약될 수 있는데, 디킨스는 그에 대한 답을 하위 서사인 가족 서사에서 찾고 있다. 가족 서사를 통해 디킨스는 '금전 관계' 외에는 어떠한 인간관계도 맺지 못하는 스크루지와 같은 중산계급의 속물들에게 '행복'은 물질에서 오는 것이 아님을 엄중하게 경고한다. 대표적인 가족 서사는 봅 크래칫 가족에 관한 이야기이다. 이 소설에서 스크루지의 개과천선이 중심 서사이고 주요 줄거리의 키워드인 것이 맞지만, 디킨스가 독자들에게 진정으로 전해 주고자 하는 메시지는 바로 크래칫 가족의 행복한 삶의 모습이다.

봅 크래칫은 주급 15실링으로 아내, 큰딸 마사, 둘째 딸 벨린다, 큰아들 피터, 어린 크래칫 남매, 그리고 다리에 장애를 가지고 있어 목발을 짚고 다니는 막내 팀 등 일곱 명의 식구를 먹여 살려야

크리스마스 캐럴

하는 가난한 집의 가장이다. 그럼에도 이들 가족은 크리스마스를 맞이해 더할 나위 없는 행복한 모습을 보이고 있다. 특히 자식들은 1년에 한 번밖에 먹을 수 없는 거위 요리를 먹을 수 있다는 생각에 온 세상을 다 얻은 것처럼 기뻐하고 있다.

각자 자기 위치에서 보초를 서면서 차례대로 고기를 받기도 전에 거위 고기를 달라고 소리칠까 봐 숟가락을 입에 붙이고 있었다. 드디어 요리 접시가 식탁 위에 차려졌고 식전 기도가 올려졌다. 이어서 크래칫 부인이 고기 자르는 칼을 천천히 훑어보고 난 뒤 가슴살을 찌르려 할 때 숨 막히는 정적이 흘렀다. 드디어 거위의 가슴 부위를 찌르자 오랫동안 고대했던 거위 속의 국물이 밖으로 흘러내렸다. 식탁 주위에 환희의 소곤거림이 울려 퍼졌고, 두 명의 어린 크래칫에게 자극받아 꼬마 팀까지도 나이프 손잡이를 식탁에 두드리며 조그맣게 "만세!"하고 소리를 질렀다. (본문 p. 100)

밥의 가족은 19세기 공리주의 철학에서 소외된 가난한 민중의 삶의 모습을 재현한다. 디킨스는 이들 하층민의 열악한 삶의 모습을 재현하면서도 이들이 서로를 아끼고 배려하는 모습을 보여줌으로써 19세기 영국 사회의 현실적 문제를 해결하고자 했다. 다시 말해 스크루지라는 인물을 만들어 빅토리아시대의 속물성을 비판적으로 그리면서도 리얼리즘 문학에 입각해 해결 방안으로 이상적 세계를 내포하는 사랑이 넘치는 가정의 행복을 제시한다. 밥 크래칫 가족처럼 하층민들이 푸딩과 거위 요리를 배불리 먹을 수 있는 날은 1년에 딱 한 번, 오직 크리스마스뿐이다. 이렇게 그들의 행복은 오로지 불완전한 것으로 묘사되기 때문에 설득력을 지닌다. 낡아서 올이 다 드러난 옷으로 겨울 추위를 견디는 왜소한 크래칫, 아버지의 셔츠를 물려 입은 피터, 모자 공장의 가난한 견습생 마사, 다리에 장애가 있어 보철기를 끼우고 목발에 의지하는 막내 팀, 그리고 빅토리아시대의 자기희생적이고 가정적 미덕의 화신인 이상적인 여성상을 가리키는 '집안의 천사' 역할을 수행하는 크래칫 부인의 모습을 보고 독자들은 강한 페이소스와 감동을 받는다.

그러나 독자들이 느끼는 감동과는 달리 1년에 딱 한 번밖에 배불리 먹을 수 없는, 가난하지만 행복해 보이는 밥 크래칫의 가족이 19세기 혼탁한 사회의 노동자들의 삶에 대한 해결책은 될 수 없다. 어떻게 보면 가난해도 행복하다는 말은 부르주아계급 사람들이 프롤레타리아계급 사람들을 바라보는 자기 본위적 해석일 수 있다. 중상류층 사람들이 밥 크래칫 가족처럼 행복한 가정이 되는 것하고 프롤레타리아계급 사람들의 삶의 질이 향상되는 것

크리스마스 캐럴

은 별개다. 디킨스식의 해결로 노동자들의 삶의 조건이 향상되는 것은 아니다. 그러나 여기서 굳이 디킨스식의 해법을 비판하고 싶지는 않고 다만 그가 '인간 본성'과 '도덕성' 회복이라는 두 개의 커다란 주제를 천착하고 있다는 점에서 그의 리얼리즘 문학 정신을 높이 평가하고 싶다. 그런 면에서 볼 때 『크리스마스 캐럴』에서도 그렇겠지만 그의 리얼리즘 문학관은 자본주의 자체를 공격하기보다는 전적으로 도덕적인 차원에서 사회를 비판하고 있으며, 디킨스의 작품 어디에도 건설적인 제안은 들어 있지 않다. 따라서 『크리스마스 캐럴』을 '부르주아 도덕'일 뿐이고 '감상주의'에 젖은 작품일 뿐이라고 비판할 수도 있다. 예컨대 러시아의 정치가 레닌이 죽음에 임박했을 때 그의 아내가 그에게 『크리스마스 캐럴』을 읽어 주었는데, 그는 '부르주아적 감상'을 도저히 참지 못했다는 이야기가 있다. 레닌의 입장에서 볼 때 이 소설이 본질적인 사회 개혁은 없고 부르주아 감상주의로 가득 차 있다고 말할 수 있는 것은 부정할 수 없는 사실이다. 하지만 그는 이 이야기 속에 흥미로운 사회적 함축성을 알아차리지는 못했던 것 같다. 즉 도덕의 관점에서 볼 때 어떤 계급도 영국 노동계급보다 더 '부르주아적'일 수 없다는 사실을 레닌은 간과하고 있다.

오웰이 지적하고 있듯이 사회에 대해 비판할 때마다 디킨스는 늘 구조보다는 정신의 변화를 지적한다. 그에게 분명한 해결 방

역자의 말

안이나 정치 신조 같은 것은 존재하지 않는다. 그의 접근 방식은 늘 도덕적 차원에 머무르고 있다. 다른 소설들에서도 그렇지만 『크리스마스 캐럴』에서도 당대의 제도적 모순이나 문제점들을 근원적으로 해결하려는 노력보다는 용서와 화해, 나눔의 시기인 크리스마스의 참된 정신을 통해 중산계급의 이기적인 의식을 바꾸고자 노력했다. 『크리스마스 캐럴』에서 디킨스가 던지는 메시지는 평범하다. 사람들이 바르게 행동하면 세상이 바르게 돌아갈 것이라는 게 그의 메시지이다. 요컨대 『크리스마스 캐럴』은 크리스마스를 통해 메말라 가는 인간성의 회복을 묘사했다는 점에서 디킨스의 문학 사상에 가까운 작품이라 하겠다.

리얼리즘과 디킨스 문학

찰스 디킨스는 민중의 삶 속에서 문학적 본질을 찾고자 했던, '19세기 영국의 셰익스피어'라고 불렸던 최고의 리얼리즘 작가였다. 디킨스가 살았고 또 작품 활동을 했던 19세기 영국은 비평가 겸 역사가인 칼라일이 "정신의 질식 상태"라고 불렀던 시대였다. 빅토리아시대라고도 불리는 19세기 영국은 소위 막스 베버가 지적하듯이 근대성의 합리주의로 무장해 과학 정신, 산업화, 물질 숭배, 공리주의 철학, 자유방임주의 등이 지배했던, 부르주아 문화가 절정에 도달한 시기였다. 디킨스는 이와 같은 산업화가 미친

'비인간적 삶'에 대한 문제와 도시에 살고 있는 하층 노동자들의 현실에 대해 깊은 관심을 가지게 되었고 그것은 그가 평생 동안 천착해 온 문학적 주제가 되었다.

19세기 소설들이 묘사하고 있는 사회적 상황 가운데서 특히 작가들이 관심을 기울인 문제는 '인간관계'와 '계급 문제'였다. 이것은 산업혁명 이후 근대 시민사회를 통해 중산계급의 출현과 불가분의 관계를 맺고 있다. 경제적 힘을 바탕으로 한 중산계층과 임금을 받고 육체노동을 하는 노동자계급이라는 새로운 계급 질서가 형성되었다. 따라서 디킨스를 포함한 19세기 소설가들의 작품에서 '계급'과 '인간관계'라는 문제가 그들의 전 소설을 지배하고 있는 것은 당연한 일이다. 그중에서도 디킨스야말로 빅토리아 시대에 대해 가장 공정한 분석과 날카로운 판단을 내린 최고의 작가라 부를 만하다. 당대의 작가들은 '가치 체계의 수호자'라는 입장의 문학적 관점을 보여 준 반면, 디킨스는 급진적 성향을 가지고 사회현상과 제도를 공격했다. 그러면서도 그는 그런 문학적 이데올로기 속에서 늘 민중의 편에 선 민중의 옹호자였다. 다시 말해 그는 자본주의체제하의 중산층 및 상류층의 타락상을 공격하는 한편, 민중의 아픔을 함께 나누고 긍정적 비전을 민중 속에서 찾으려고 노력한 비판적 리얼리즘 작가였다.

디킨스 문학을 논할 때 우리는 '리얼리즘'이라는 용어를 자주 접하게 되는데 '리얼리즘'이 무엇인지 간략히 살펴보자. 낭만주의가 저물고 새로이 등장한 리얼리즘은 세계를 일원론적으로 인식한다. 리얼리즘은 경험적인 세계를 유일한 현실로 보고, 따라서 낭만주의가 추구하는 초월적인 세계를 거부한다. 낭만주의는 이상과 경험적 현실 사이의 모순을 극복할 수 없기 때문에 현실을 부정하고 이상을 추구한다. 예컨대 시인 바이런은 기존 질서와 적극적으로 투쟁하다가 결국 사회를 등지고 스스로 자아 추방이라는 고립된 삶의 형식을 취한다. 그렇지만 리얼리즘은 경험적 현실을 피할 수 없는 현실로서 인정하고, 이 현실 속에서 모순을 극복하여 새로운 가치를 추구하고자 노력한다. 그러므로 리얼리즘의 명제는 현실의 본질이 모순이 되며 리얼리즘의 기본 정신은 이 모순을 극복하고 어떤 대안을 제시하는 것이다. 마르크스주의 비평가이자 미학자인 게오르크 루카치의 입을 빌리자면 리얼리즘 문학이란 현실의 반영(당대 사회 현실의 객관적 묘사)이며 작가가 사회 구조의 모순을 날카롭게 통찰하여 앞으로의 사회 발전의 방향(삶의 긍정적 비전)을 보여 주는 것이다. 쉽게 말해서, 현실을 모순에 찬 더러운 세상이라고 욕하고 또 다른 저 너머 아름다운 세상을 추구하고자 하는 사람은 낭만주의자요, 그 더러운 현실을 어떻게든 바꿔 보고자 노력하는 자는 리얼리스트다.

　디킨스의 경우 현실을 어떻게 바꿀 것인가에 대한 사회 발전의

크리스마스 캐럴

긍정적 비전은 산업화 과정 속에서 사라져 가는 인간성 및 인본주의 전통을 살려 참다운 인간성에 바탕을 둔 '공동체 의식'의 촉구에 있었다. 그는 산업화 과정 속에서 부르주아계급의 세계에는 공동체 의식이나 전통적, 가족적 우호 관계는 이미 와해되었다고 진단한다. 하지만 그는 민중의 삶 속에는 아직 이런 것들이 숨 쉬고 있다고 보았다. 예컨대 『어려운 시절』에서 디킨스는 노동자계급인 시시 주프와 슬리어리 곡마단을 등장시켜 산업화에 물든 비인간적 삶과 서로 대비하여 우리에게 삶의 긍정적 비전을 제시해 주고 있으며, 『크리스마스 캐럴』의 밥 크래칫 가족에서도 엿볼 수 있듯이, 가정과 가족은 삶의 심각한 위기에서 편안한 의지처가 되며 질병, 해고, 죽음 등이 닥쳤을 때 가장 필요한 도움이 되는 원천으로 보았다. 노동을 마치고 휴식을 취하는 장소도 가정이고 사랑과 애정도 가족을 중심으로 이루어지고 있다고 보았다. 디킨스 문학은 과학이나 기술의 발전 자체를 거부하거나 산업 문명 자체를 비판한다기보다는 그러한 산업화에 의해 야기된 인간성의 상실과 비인간화를 우려했으며 그에 대한 답을 민중의 삶과 그들의 행복한 가정 속에서 찾았다. 따라서 디킨스는 레이먼드 윌리엄스의 지적대로, 사회적 진보와 인간성의 본질, 다시 말해 개인의 친절이나 동정심 그리고 인내심과 같은 덕목에 의해 인간성이 회복될 수 있다고 믿었다.

역자의 말

디킨스는 스물한 살 때 월간지에 첫 단편을 발표한 이래 쉰여 덟의 나이로 세상을 떠날 때까지 열네 편의 장편소설과 단편, 에세이, 희곡, 여행기, 연설문 등 실로 어마어마한 저작을 남겼다. 디킨스 소설의 대부분은 처음에는 월간지나 주간지에 연재되었다가 단행본으로 출간되었는데, 그의 소설들은 어떻게 보면 오늘날 TV 드라마와 같은 대중적 속성을 지니고 있었다. TV 시청자들이 다음 주 드라마 내용이 어떻게 전개될지 궁금해하듯이 당시 디킨스 독자들도 다음 주 혹은 다음 달 연재되는 내용을 무척이나 궁금해하며 학수고대했을 것이다. 심지어 소설 내용에 대해 독자들의 항의로 디킨스가 집필 방향을 바꾸기도 했다고 한다. 마치 셜록 홈스 시리즈의 작가 코난 도일이 홈스를 죽게 만들고 시리즈를 끝마쳤다가 엄청난 충격에 빠진 독자들 때문에 그를 다시 살려 낸 것처럼. 어쨌든 오늘날과 비교해 오락거리나 읽을거리가 형편없었던 당시 디킨스의 연재소설은 작가적 상상력과 호소력 있는 문체와 천부적인 마케팅에 힘입어 빈민에서부터 여왕에 이르기까지 모든 독자들을 사로잡아, 그들의 심금을 울려 폭발적 인기를 누렸다. 리비스의 말을 빌리면, 디킨스 소설은 언제나 민중적 관점에 기초하고 있으며, 그는 언제나 독서 대중과 함께 일상 대화의 기술이 생생하게 살아 있는 작품을 썼던 '대중작가'였다. 리얼리스트로서의 디킨스의 위대성은 독자들과의 폭넓은 접촉에

크리스마스 캐럴

바탕을 둔 '대중성'과 리얼리즘을 바탕으로 한 높은 '예술성'에 있다고 말할 수 있다.

　디킨스는 1870년 여름 세상을 떠났다. 그의 죽음에 영국인들은 하나같이 커다란 슬픔에 잠겼으며 특히 노동자들은 "우리의 친구가 죽었다"며 비통에 잠겼다고 한다. 그는 웨스트민스터 사원에 잠들어 있다. 조지 오웰은 디킨스를 두고 "훔치고 싶은 유혹을 느낄 만큼 대단한 가치를 지닌 작품을 쓴 작가이며, 그가 웨스트민스터 사원에 매장되어 있는 것도 어떻게 보면 절도행위라고 할 수 있다"고까지 말하고 있다. 그의 비문에는 다음과 같이 적혀 있다.

　"그는 가난하고 고통받고 박해받는 자들 편이었다. 그의 죽음으로 인해 세상은 영국의 가장 훌륭한 작가 하나를 잃었다."

역자의 말

찰스 디킨스 연보

찰스 디킨스 연보

1812. 2월 7일 잉글랜드 포츠머스의 교외 랜드포트에서 해군 경리국 직원인 아버지 존 디킨스와 어머니 엘리자베스 배로우 디킨스 사이에서 8남매의 둘째이자 장남으로 출생.

1814. 아버지의 전근으로 런던으로 이사.

1816. 아버지의 전근으로 채텀으로 이사. 집 다락방에서 다양한 독서를 즐기고 처음으로 학교 교육을 받음.

1821. 해군 개혁으로 아버지 실직. 가족이 런던 캠던타운에 있는 주택으로 이사. 윌리엄 가일즈 학교에서 2년간 공부하고 가정 형편으로 학업 중단.

1824. 2월 채무 불이행으로 아버지가 마샬시 감옥에 5월까지 수감. 디킨스를 제외한 가족들이 아버지가 갇힌 감옥에서 생활. 이 기간 동안 디킨스는 워런스 구두약 공장에서 근무. 아버지 출소 후 가족이 캠던타운으로 돌아감. 런던 햄스테드로드에 있는 사립 통학 학교에 다님.

1825. 구두약 공장을 그만두고 웰링턴 하우스 아카데미에서 공부. 2년 뒤 중단.

1827. 집세를 못 내 가족이 쫓겨남. 학교를 그만두고 법무사 사환으로 일함. 저널리스트가 되고자 결심.

1828. 법원의 속기사로 근무.

1829. 런던 민법 박사회 법원에서 프리랜서 기자로 근무.

1831. 선거법 개정법안 사태 동안 의회 출입기자로 일하며 의회와 양당제 등 사회 제도에 남다른 관심을 가지게 됨.

1832. 배우가 되려고 극장 오디션을 보려 했으나 심한 감기로 불참하고 3월부터 7월까지《트루 선》기자로 근무.

1833.《먼슬리 매거진》에 최초의 작품인「포플러 웍에서의 만찬」을 익명으로 발표.

1834. 《모닝 크로니클》의 기자가 됨. '보즈'라는 필명으로 계속 기고. 디킨스 아
버지 다시 채무 문제로 체포 됨.

1835. 친구이자 편집자인 조지 호가스의 딸 캐서린 호가스와 약혼.

1836. 도시의 일상을 담은 『보즈의 스케치』 1부 출간. 3월 『피크위크 페이퍼즈』
를 연재하면서 본격적인 작가의 길에 들어서고 인기 작가의 반열에 오
름. 4월 캐서린 호가스와 결혼. 12월 『보즈의 스케치』 2부 출간. 디킨스 최
초의 전기 작가이자 절친한 친구가 될 존 포스터를 만남.

1837. 『올리버 트위스트』를 《벤틀리스 미셀러니》에 연재. 『피크위크 페이퍼즈』
를 단행본으로 발간.

1838. 『니콜라스 니클비』 연재 시작.

1839. 《벤틀리스 미셀러니》 편집장 사임. 『올리버 트위스트』 마지막 장 완성.
『니콜라스 니클비』 연재 마침(1838-1839).

1840. 『마스터 험프리의 시계』 1회분 발표. 『오래된 골동품 상점』 집필(1840-
1841).

1842. 아내와 함께 5개월간 미국을 여행하며 랄프 에머슨, 헨리 롱펠로우, 워싱
턴 어빙 같은 작가들을 만남. 미국의 감옥, 병원, 정신병원, 고아원 등을 방
문. 귀국한 뒤 『미국 기행 노트』를 출간해 미국에서 큰 호평을 받음.

1843. 월간지에 『마틴 처즐윗』 연재 시작. 『크리스마스 캐럴』 12월 출간.

1844. 가족과 함께 이탈리아 여행, 12월에 런던으로 돌아옴. 『차임스』 출간.

1845. 아마추어 극단 창단. 『난로 위의 귀뚜라미』 출간. 이탈리아 여행 후 7월 잉
글랜드로 돌아옴.

1846. 『돔비와 아들』 연재 시작. 가족과 함께 로잔과 파리 여행. 『삶의 투쟁』 12월
출간.

1847. 가족 여행 마치고 잉글랜드로 돌아옴.

1850. 『데이비드 코퍼필드』 연재(1849-1850). 주간지 《하우스홀드 워즈》 창간. 편집자로 활동.

1851. 아버지 사망. 『황폐한 집』 집필 시작.

1852-1853. 『황폐한 집』 월간지에 연재.

1854. 『어려운 시절』을 《하우스홀드 워즈》에 8월까지 주간으로 연재.

1857. 『리틀 도릿』 연재(1855-1857). 저택 갯즈힐 플레이스를 구입하고 디킨스가 존경하는 동화작가 한스 안데르센이 방문. 그의 극단이 여왕을 위해 <얼어붙은 골짜기> 공연.

1858. 런던에서 처음으로 유료 대중 낭독회를 가짐. 윌리엄 새커리와 논쟁. 여배우 엘렌 터넌과의 관계로 구설수에 오르고 22년간의 결혼 생활 끝에 아내 캐서린과 별거.

1859. 새 주간지 《올 더 이어 라운드》를 창간. 『두 도시 이야기』 11월까지 연재.

1860-1861. 『위대한 유산』을 주간으로 연재. 세 권의 책으로 발행.

1867-1868. 건강 악화에도 불구하고 대중 낭독회를 강행하고 글을 씀. 의사의 충고를 무시하고 미국으로 건너가 낭독 순회공연을 함. 엄청난 대중적 성공으로 2만 파운드 이상의 수익을 올림.

1869. 잉글랜드, 스코틀랜드, 아일랜드에서 낭독회를 계속 함. 가벼운 뇌졸중 증세를 보임. 『에드윈 드루드의 수수께끼』 연재 시작. 5월에 유언장 작성.

1870. 3월 빅토리아 여왕 알현. 런던에서 마지막 낭독회를 가짐. 『에드윈 드루드의 수수께끼』 집필 도중 뇌졸중을 일으켜 6월 9일 쉰여덟 살의 나이로 사망. 웨스트민스터 사원에 안장. 9월 미완성작 『에드윈 드루드의 수수께끼』 출간.

찰스 디킨스 연보